KB020119

로또부터 장군까지 13

2024년 5월 20일 초판 1쇄 인쇄
2024년 5월 23일 초판 1쇄 발행

지은이 게르만
발행인 김관영

기획 박경무 강민구 임동관 조익현 최시준 신정윤
책임편집 오영란
마케팅지원 유형일 장민정

발행처 (주)로크미디어
출판등록 2003년 3월 24일
주소 서울시 마포구 마포대로 45 일진빌딩 6층
Tel (02)3273-5135 Fax (02)3273-5134
홈페이지 rokmedia.com E-mail rokmedia@empas.com

ⓒ 게르만, 2023

값 9,000원

ISBN 979-11-408-2219-5 (13권)
ISBN 979-11-408-1132-8 04810 (세트)

ROK
MEDIA
로크미디어

로마부터 장군까지

게르만 현대 판타지 장편소설 **13**

CONTENTS

Chapter 1

대한은 주차장에 주차를 하고는 연락 왔던 번호로 전화를 걸었다.

"김대한 중위입니다. 방금 주차장에 도착했는데 어디로 가면 되겠습니까?"

―아, 잠시만 기다려 주십쇼. 금방 내려가겠습니다.

이내 해양경찰 하나가 대한에게 달려왔다.

대한이 그에게 말했다.

"천천히 오셔도 되는데…… 반갑습니다."

"아유, 멀리서 오셨는데 빨리 와야죠. 일단 따라오시죠."

대한과 박희재가 그를 따라 해양경찰서 안으로 들어갔고 곧장 서장실로 이동했다.

대한이 박희재에게 조용히 말했다.

"경찰도 군대랑 비슷한 것 같습니다."

"그렇지 뭐. 경찰도 계급이 확실하잖냐. 내가 알기론 경찰서장이 대령급이라고 보면 될걸?"

급수의 차이는 있겠지만 계급을 비교하자면 대령과 비슷한 위치였다.

잠시 후, 대한과 박희재가 서장실로 들어가자 기다리고 있던 서장이 두 사람을 반갑게 맞았다.

"하하, 안녕하십니까. 권승준이라고 합니다."

"반갑습니다. 박희재 중령입니다."

"대대장님이 젊으시네요. 그러니까 병사들이랑 휴가도 같이 가신 건가?"

"젊진 않습니다. 곧 있으면 군대에 더 있고 싶어도 못 있습니다."

"아…… 워낙 젊어 보이셔서 첫 대대장 하시는 줄 알았습니다."

저 양반이 무슨 소리를 하는 거야?

첫 대대장이면 40대 초반인데 박희재를 그렇게 어리게 본다고?

이건 먹이는 게 아닌가 싶을 정도의 칭찬이라 대한은 조심스럽게 박희재의 표정을 살폈다.

그러나 그런 걱정일랑 애초부터 할 필요가 없었다.

'좋아 죽네 아주.'

박희재의 광대는 이미 화산처럼 솟아 있었다.

그가 터져 나오는 웃음을 가까스로 참으며 손을 내저었다.

"에이, 아닙니다."

"하하, 전 빈말 안 합니다. 그보다 일단 앉으시죠."

대접 과정 자체는 부대와 비슷했다.

대한과 박희재를 안내해 주었던 사람이 음료를 가지고 들어왔고 권승준이 박희재에게 물었다.

"근데 휴가를 좀 늦게 보내셨네요? 날씨가 선선해질 때 오셨어요."

"부대 일정이 바빠서 남들 놀 때 같이 놀 수 있는 상황이 아니었습니다."

"오호…… 작전사 직할 부대라 그런지 후방이라도 바쁘신가 보네요."

권승준의 말에 대한이 고개를 갸웃거리며 물었다.

"저희 부대가 유명하진 않은데…… 어떻게 알고 계시네요?"

"하하, 제가 군대에 관심이 좀 많습니다."

관심이 많다고 알 수 있는 건가?

보통 출신 부대가 어디냐고 물으면 사단을 말하는 편이고 그 사단에 대해 알은척만 해도 군에 관심이 있는 사람이라고 인정해 준다.

그런데 직할 부대까지 아는 건 좀 많이 아는데?

대한이 눈을 슬쩍 좁히며 물었다.

"혹시 군인 출신이십니까?"

"오, 어떻게 알았지? 티가 납니까?"

"하하, 보통은 잘 모르는 이야기를 잘 알고 계신 듯하셔서 한번 여쭤봤습니다."

박희재가 신기하다는 듯 물었다.

"언제 전역하신 겁니까?"

"한참 됐습니다. 해사 나와서 5년 차 전역했습니다. 근데 대대장님 앞에서 군인 출신이라고 하기에는 좀 부끄럽습니다."

해군사관학교?

이야, 이 양반도 엘리트였네.

대한은 새삼 권승준의 얼굴이 달라 보였다.

그도 그럴 게 남들보다 늦게 시작했음에도 경찰서장까지 올라온 걸 보면 머리만 좋은 것이 아니라 일도 잘하는 것 같았으니까.

의외의 스펙에 박희재가 놀라며 물었다.

"근데 해사까지 나오신 분이 왜 전역을 하셨습니까?"

"하하, 욕심 때문이죠."

"욕심요?"

"예, 동기 중에 엄청난 놈이 있었습니다. 흠, 김대한 중위랑 비슷했다고 보시면 되겠네요."

"그거랑 전역이랑 무슨 상관입니까?"

"아, 그 동기한테 평생 진급 밀릴 것 같았습니다. 사관학교 나와서 별도 못 달면 인생이 너무 허무하지 않겠습니까?"

"아……."

그 대답에 박희재와 대한이 나직이 입을 벌린다.

하여튼 사관학교 출신들의 머릿속은 이해할 수가 없다.

중령만 가도 충분히 성공한 인생이거늘 별이라…….

'하긴 그런 게 다 야망이지.'

대한이 고개를 끄덕이며 맞장구를 쳐 주었다.

"사관학교 출신들은 장군을 목표로 군 생활을 한다는 걸 듣긴 했습니다. 그나저나 해경이 진급은 더 힘들지 않습니까?"

대한이 알기로 서장에서 더 올라갈 수 있는 자리 자체가 많지 않았다.

아무리 대단한 동기와 함께 군 생활을 한다고 하더라도 차라리 군대에 남아 있는 것이 진급하기엔 더 쉬웠을 터.

대한의 말에 권승준이 웃음을 터트리며 답했다.

"하하! 김 중위님이 잘 알고 계시네요. 맞습니다. 최근 들어 엄청나게 후회 중이었습니다."

"그래도 해사까지 나오신 분인데 해경에서도 진급 잘하실 것 같습니다."

"그래야죠. 근데 여기서 주목받기가 쉽지 않네요. 높은 분들이 제가 잘하고 있는 걸 알아주셔야 할 텐데."

"하하, 그건 군대랑 똑같네요."

괜히 진급 자리가 따로 있는 게 아니었다.

본인이 열심히 잘하고 있다는 걸 상급자한테 가장 잘 보일 수 있는 자리가 진급 자리였다.

그런 의미에서 서장은 진급 자리가 아닌 모양.

'여기서 저 양반보다 높은 사람은 없으니까.'

진급하려면 높은 양반들이 잘 보이는 자리에 있어야 하는데 여기선 권승준이 제일 높았으니까.

조금 아쉬웠다.

대한은 이왕 인연이 닿은 김에 그가 높은 자리까지 올라가 주었으면 했다.

'군이랑 관이 친해질 수 있는 기회가 그리 많지 않으니까.'

그렇기에 대한은 이번 인연을 놓치고 싶지 않아 기억을 더듬어 대화를 이어 나갔다.

"혹시 다음에는 어디로 가실 예정이십니까?"

"글쎄요. 함장이나 가 볼까 했는데 아직 고민 중입니다. 그런데 그건 왜 물어보시는지?"

"아, 군대처럼 전방에 가 계시면 좋을 것 같아서 한번 여쭤봤습니다."

"전방? 강원도 해안 쪽 말씀하시는 건가요?"

"예, 혹시 모르지 않습니까. 북한 사람들이 배 타고 내려오는 걸 잡을 수도 있지 않습니까."

"그런 건 전방의 부대에서 다 잡아내지 않습니까?"

대한이 고개를 내저으며 답했다.

"완벽한 경계 작전은 전투에서 승리하는 것보다 더 힘들다는 거 서장님은 잘 알고 계시지 않습니까?"

"……그건 그렇죠. 저희도 이번에 감사장을 드리는 게 그런 이유기도 하니까요."

바다에서 난 사고에 대한 책임에서 해경이 자유로울 순 없었다.

그렇기에 해경의 역할을 대신해 준 대한과 박희재에게 감사 장을 주는 것.

대한이 고개를 끄덕였다.

"전방은 더 심할 겁니다. 실수로 바다에 떠내려 오는 경우도 많으니까요."

"그걸 잡으면 확실히 주목은 받을 수 있겠네요."

군이 경계에 실패했고 해경이 그 일을 해결했다?

주목은 물론 진급도 어려운 일이 아니었다.

권승준이 잠시 고민에 잠겼다가 이내 입을 열었다.

"한번 알아봐야겠네요."

"예, 군이랑 협조해도 좋을 것 같습니다."

권승준은 대한을 빤히 바라보고는 박희재에게 말했다.

"좋으시겠습니다."

"하하, 그런 말 자주 듣습니다. 아까 올라오는 길에 보니까 해

경분들 많이 보이던데 서장님도 한번 잘 찾아보십쇼."

"예, 어쩌면 능력 있는 친구를 제가 발견 못 하고 있는 걸지도 모르겠네요."

세 사람은 한동안 잔잔하게 이야기를 나누었고 이내 감사장 전달식이 시작되었다.

권승준과 기념사진 촬영을 마지막으로 전달식이 끝이 났고 그가 주차장까지 두 사람을 배웅해 주었다.

"다음에 또 휴가 계획하시면 저한테 먼저 연락 주십쇼. 도와드릴 수 있는 거라면 최대한 도와드리겠습니다."

"감사합니다. 나중에 반드시 연락드리겠습니다. 그치?"

"예, 그렇습니다. 제가 꼭 연락드리겠습니다."

박희재의 눈짓에 대한이 얼른 권승준과 번호 교환하며 말했다.

"나중에 꼭 연락드리겠습니다."

"하하, 그러라고 번호 알려 드리는 거니 언제든 연락 주십쇼. 대신 저도 부탁 있으면 해도 괜찮겠습니까?"

"저한테 말입니까?"

"예, 그럼 누구한테 하죠?"

"그런 건 대대장님께 연락해야 하지 않겠습니까?"

"어차피 김 중위님이 계획 세울 것 같은데 그냥 김 중위님한테 드리는 게 맞지 않겠습니까?"

"하하, 맞습니다. 역시 서장님이라 그런지 통찰력이 좋습니다.”

박희재의 말에 두 사람이 하하 웃는다.

그리고 이내 악수를 나누고 두 사람은 다시 부대로 복귀했다.

부대로 복귀한 대한은 짐만 내려놓고 박희재와 함께 단장실에서 대기했다.

아직 윗선에서 괜찮다는 말을 듣지 못했기 때문이다.

박희재가 이원영에게 물었다.

“우리가 다녀오는 동안 아무 연락 없었어?”

“너희들 오기 조금 전에 공보실장님이 연락 오셨는데 회의 들어간다고 나오면 다시 연락해 주시겠대.”

“우리 때문에 회의까지 하는 거야?”

“그러니까 말이야. 이게 회의까지 할 일인가 싶다.”

이원영도 답답한 것 같았다.

그가 생각하기에도 별거 아니었으니까.

하나 대한은 이제 걱정하지 않기로 했다.

’기사 분위기 좋더만. 이 타이밍에 징계라도 하면 욕이란 욕은 다 먹을걸?’

그때, 대한의 여유 있는 표정을 본 이원영이 피식 웃으며 말했다.

“넌 어째 걱정 하나 없는 표정이다?”

“회의 금방 끝나고 연락 올 것 같습니다.”

"······응?"

"딱 느낌이 왔습니다."

"느낌은 무슨, 내가 목소리 들어 보니까 그런 느낌은 하나도 없더라. 오히려 회의가 엄청 길어질 것 같은 그런 느낌?"

그때, 호랑이도 제 말 하면 온다고 이원영의 전화가 울렸다.

이원영이 발신자를 확인하더니 얼른 전화를 받았다.

"예, 충성! 아, 예······."

전화 받기도 잠시, 점차 이원영의 표정이 밝아진다.

"예, 감사합니다. 충성!"

그러더니 밝은 목소리로 경례하며 통화를 종료했다.

이원영이 전화를 내려놓기 무섭게 박희재가 물었다.

"뭐라냐?"

"신경 쓰지 말고 할 거 하라고 하시네. 알아서 다 설득해 주셨대. 다음부턴 보고만 하고 가라고 하신다."

"참나, 언제 휴가 보고 받았다고 갑자기 보고하고 가래?"

"그러게나 말이다. 그래서 이제부터는 다 보고 받을 거라고 하시네."

"흠, 그럼 뭐 불만 없지. 아무튼 다행이네, 일이 잘 풀려서."

"그러게나 말이다."

공병단만 하는 게 아니라 다른 부대도 한다면 그러려니 하고 넘어가야지.

대한도 고개를 끄덕이며 만족했다.

이원영과 박희재가 동시에 담배를 꺼내 물었고 담배 연기와 함께 안도의 한숨을 내쉬었다.

두 사람이 마음을 진정하던 그때, 대한이 이원영에게 말했다.

"단장님, 저 조만간 22사단에 좀 다녀오겠습니다."

"저번에 사단장님이랑 약속했던 그거 때문에?"

"예, 그렇습니다. 가기 전에 준비 좀 하고 완료되는 대로 보고드리겠습니다."

"어디로 침투할지는 정했고?"

"아직 확정은 못 했습니다."

"고민하고 있는 곳이 어딘데?"

"제일 고민하고 있는 곳은 수색대대입니다."

이원영이 잠시 고민하더니 대한에게 물었다.

"뚫을 거면 그런 부대를 뚫긴 해야 할 텐데…… 혹시 훈련 중인지 확인해 봤냐?"

"안 그래도 그것 때문에 고민 중입니다. 확인할 방법이 없습니다."

이왕 침투할 거 사단 전투력의 핵심을 뚫는 것이 좋았다.

하지만 수색대대 같은 곳은 경계에 집중하는 곳이 아니었다.

1년 중 훈련을 하지 않는 날이 더 적었으니까.

'부대에 병력이 없을 수도 있어.'

육준엽을 골탕 먹이고 싶은 생각이 가득했지만 작게나마 도와주고 싶은 생각도 있었다.

'병력도 없는 곳 침투한다고 해서 무슨 도움이 되겠어.'

정상적으로 경계를 잘 서고 있는 곳에 침투를 해야 빈틈을 발견해 도움을 줄 수 있을 것이다.

이원영이 고개를 끄덕이며 답했다.

"막무가내로 물어볼 수도 없는 노릇이지. 잠시만 기다려 봐라. 전화 좀 돌려보마."

이원영이 미소와 함께 지인들한테 연락을 돌리기 시작했다.

그때, 박희재가 대한에게 물었다.

"수색대대 훈련 중이면 어디 가려고?"

"GOP를 뚫을 순 없으니 내륙 잔류 부대나 해안 경계 부대 중에 하나를 찾아서 침투할 생각입니다."

"흠, 나도 연락 돌려 볼까?"

"혹시 공병입니까?"

"그렇지. 내가 아는 군인이 공병밖에 더 있냐."

"아, 그럼 괜찮습니다."

"하하, 공병은 또 제외냐?"

"예, 같은 편한테 피해를 줄 순 없지 않겠습니까."

전방에서 다른 전투병과에 이리치고 저리 치이는 사람들이다.

안 그래도 힘든 군 생활인데 대한이 난이도를 올릴 필요는 없지 않은가.

박희재가 웃음을 터트리고는 입을 열었다.

"22사단 나온 병사라도 알고 있으면 좋겠건만 딱히 떠오르는 사람이 없네."

"병사라……."

대한은 잠시 고민을 하고는 이내 한 인물을 떠올렸다.

"어, 저 있습니다. 22사단 출신 병사."

"아, 그래? 친구냐?"

"저희 공연 섭외를 도와줬던 총학생회장이 22사단 출신입니다."

박희재가 이원영을 흘끔 쳐다보고는 말했다.

"가깝게 있네. 직접 가서 물어보고 오든지."

"퇴근 시간 다 돼 가는데 퇴근하고 연락해 보겠습니다."

"일 때문에 찾아가는 건데 일과 때 해. 원영이는 시간 좀 걸릴 것 같으니까 살살 나갔다 오너라. 수색대대가 훈련 안 한다고 하면 바로 연락 주마."

퇴근 시간 이후에 김영필을 찾아간다면 뭔가 술집에서 만나야 할 것 같았다.

그렇기에 곤란해하던 차였는데 박희재가 나갔다 오라고 한다니.

대한이 미소를 지으며 자리에서 일어났다.

"그럼 금방 다녀오겠습니다."

"올 때 아이스크림 좀 사 와라."

"메론나 괜찮습니까?"

"좋지, 메론나."

대한은 박희재의 퀘스트를 받아 들고 곧장 김영필을 만나기 위해 이동했다.

✳

"에이, 수색은 못 뚫죠."

대한의 사정 설명을 들은 김영필의 말이었다.

처음에는 신나서 도와준다더니 본인이 나온 수색대대를 침투한다는 말을 듣고 이런 말을 하는 것.

하나 대한은 포기할 생각이 없었다.

"그래도 해 봐야 아는 거 아니겠습니까."

"에이 그래도 못 뚫습니다."

"그러니 정보 좀 주시죠. 대충 어떻게 생겼는지만 알려 주시면 됩니다."

"포기하십쇼. 못 뚫습니다."

"알려 주기 싫은 거죠?"

"알려 드리고야 싶죠. 근데 알려 드려도 헛수고할 것 같아서 그렇습니다."

이놈 봐라?

날 무시해도 엄청 무시하네?

그때, 대한이 눈을 좁히며 물었다.

"에이…… 느낌을 보니까 아닌 것 같은데. 사실 잘 모르시는 거 아닙니까?"

"예? 제가요?"

"혹시 수색대대에서 뭐 하셨습니까?"

"뭘 했냐뇨?"

"훈련 다 받으셨습니까?"

"그럼요, 다 받았죠."

"작전도 하셨습니까?"

"하, 당연하죠. 제가 지금은 술자리 때문에 몸이 이렇지만 현역 때는 완전 날렵했습니다."

"정말입니까?"

"예, 실탄 들고 수색, 매복 작전도 했습니다."

"그럼 혹시 생명 수당은 얼마나 나와요?"

"……예?"

"DMZ 수색하면 생명 수당 나오잖아요. 얼마 나오냐구요."

대한의 물음에 김영필이 조금 당황하기 시작했다.

"어…… 한 만 원 나왔던가? 목숨값 치곤 많이 싸죠?"

이것 봐라?

대한이 좁힌 눈 그대로 의자 뒤로 몸을 기댄 후 팔짱을 끼며 말했다.

"회장님."

"……예, 예?"

"그냥 솔직하게 말하시죠. 부대 복귀해서 다 뒤져 봅니다?"

"……."

그의 대답에 확신할 수 있었다.

김영필은 수색대대에서 작전을 나가 본 적이 없다는걸.

그도 그럴 것이 생명 수당이 저렇게 많이 나올 리가 없었으니까.

대한이 입꼬리를 올리며 말했다.

"생명 수당이 만 원씩 나오면 전역할 때 집 사서 나오겠습니다. 안 그렇습니까? 훈련 하루 이틀 하는 것도 아닐 텐데요, 안 그래요?"

"그, 그런가요?"

"그렇죠. 하루에 고작 몇천 원 받고 작전 수행하고 있는데 만 원은 무슨 만 원입니까. 오래 돼서 잊어버렸다는 말은 하지 마십쇼. 그 돈 받아 본 사람들은 절대로 잊을 수가 없는 액수니까."

지뢰밭을 돌아다니고 돌아와서 들어오는 돈치고는 너무 극단적인 금액이었다.

왜 이렇게 잘 아냐고?

대한도 받아 봤으니까.

'지뢰제거작전 나갔다가 처음 생명 수당 받았을 때 기억나네.'

그걸 어떻게 잊어?

대한이 김영필을 빤히 쳐다보며 말을 이었다.

"느낌을 보니까 편한 곳에 있다가 수색대대에 파견 같은 방식으로 다녀와 보신 것 같은데…… 다른 사람한테 안 꿀리려고 그러는 거라면 회장님 자존심 생각해서 그냥 넘어가겠습니다."

남자들이 모이면 무조건 하는 것이 군대 이야기인데 본인도 할 이야기는 있어야 하지 않겠나.

게다가 학생회장이니 여러모로 무게감이 필요했을 터.

대한의 외통수에 김영필이 헛기침하며 말했다.

"……흠흠, 최대한 협조할 테니 비밀은 지켜 주십쇼."

"참 나…… 아니, 거짓말할 것 같으면 좀 제대로 알고 하지 그랬습니까."

"그래도 거짓말은 안 했습니다. 전역하기 일주일 전에 부대에서 훈련한다고 22사단 수색대대 가서 잡일 하다가 전역했습니다."

그렇구나…….

그래…….

그러면 확실히 22사단 수색대대 나온 게 맞긴 하네…….

대한이 고개를 저으며 말했다.

"뭐, 저랑 상관없는 일이니 저는 알겠습니다. 근데 나중에 진짜를 조심하십쇼. 진짜 그 부대 출신 사람들 만나면 많이 화낼 수도 있습니다."

"저도 눈치는 있죠. 먼저 이야기 들어 보고 이야기합니다."

"하하, 그럼 괜찮겠네요. 그나저나 원래는 어디 나오셨습니까. 22사단은 맞습니까?"

"예, 맞습니다."

"보병?"

"예."

합격이네.

그때부터였다.

김영필이 본격적으로 자신의 군 생활에 대해 설명하기 시작한 건.

그는 고성에 있는 평범한 부대 출신이었다.

부대에 있던 시간이 많아 부대를 정확히 기억하고 있었고 약도까지 그려 주며 최선을 다해 알려 주었다.

대한은 흡족한 듯 고개를 끄덕이며 자리에서 일어났다.

"침투에 꼭 성공하고 오겠습니다."

"무사히 복귀하시길 기도하고 있겠습니다."

이렇게 들으니 뭔가 간첩이 된 기분인데?

대한은 새로운 기분에 피식 웃으며 박희재에게 줄 아이스크림을 구매해 부대로 가볍게 복귀할 수 있었다.

✳

대한이 단장실로 복귀하자 이원영이 아쉬운 표정으로 말했다.

"대한아, 수색대대는 포기해야 될 것 같다. 작전 수행 중이니 건들지 말라네."

"아, 그렇습니까."

그래.

목숨 걸고 작전 수행하는데 괜히 옆구리 찔러서 괴롭힐 필요는 없지.

대한은 머릿속에 수색대대를 지워 버렸다.

대신 김영필에게서 얻어 온 것들에 대해 설명하기 시작했다.

"정보가 제법 양질인데? 이 정도면 나도 침투하겠어."

"넌 몸이 느려서 안 돼."

"달리기 시합도 아닌데 뭔 상관이야?"

이원영이 박희재의 말을 가볍게 무시한 채 대한에게 말했다.

"이 정도면 널널하게 침투하겠네. 뭐, 지원해 줄 거 있냐?"

"아닙니다. 없습니다."

"그럼 출발은 언제 하려고?"

"내일 일과 끝나고 바로 출발하겠습니다."

"야간에 침투할 거잖아?"

"예, 그렇습니다."

"졸려서 어떻게 하냐? 그냥 내일 출근하지 말고 숙소에서 푹 쉬다가 출발하기 전에 연락해. 관사에서 희재랑 식사하고 있을 테니까."

그 말에 대한이 웃었다.

참 센스가 있는 양반이라니까.

공병단에서 김영필이 나온 부대까지의 거리는 상당했고 운전하는 것만 해도 체력 소모가 컸다.

그런데 이런 배려면 아주 땡큐지.

그렇기에 대한도 이원영의 배려를 거절하지 않았다.

"예, 알겠습니다. 감사합니다."

"그래, 정보 알아내느라 고생했다. 내일 저녁에 보자."

곧장 숙소로 복귀한 대한은 침투에 필요한 장비들을 챙기고는 최상의 컨디션을 맞추기 위해 빠르게 취침에 들었다.

✻

다음 날 저녁.

대한은 전투복이 아닌 침투를 위해 준비한 복장을 입고는 관사로 향했다.

"단장님, 대한입니다!"

"어, 들어와."

이원영은 박희재와 함께 평상에서 고기를 구워 먹는 중이었다.

박희재가 대한을 훑어보며 말했다.

"완전히 그림자 같구만."

"오늘을 위해 하나 장만했습니다."

"왜, 아싸리 복면도 쓰지?"

그 말에 대한이 주머니에서 복면을 꺼내 보였다.

"여기 있습니다."

대한의 준비성에 박희재가 어이없다는 듯 피식 웃으며 말했다.

"하하, 너랑 적이 아니라 참 다행이라고 생각한다. 얼른 앉아라. 좀 먹고 가. 너 온다길래 다시 굽고 있는 거다."

"예, 감사합니다."

두 사람은 대한에게 고기를 구워 주며 본인들만의 노하우나 팁들을 전수해 주었다.

이걸 알려 주기 위해 두 사람은 오늘 하루 종일 머리를 맞대고 있었다.

그래서일까?

대한은 두 사람이 참 고마웠다.

'다 알고 있는 사실이긴 하지만 그래도 참 감사하네.'

대한도 군 생활을 적게 한 것이 아니었다.

들을 만큼 들었고 해 볼 만큼 해 봤다.

물론 경험하지 못했던 것도 있긴 했다.

예컨대 모시는 상급자가 이렇게까지 아껴 준다든가 하는 경험 말이다.

　대한은 행복하게 식사를 하며 두 사람의 말을 경청했다.

　이내 식사를 마치고는 주차장으로 향했고 이원영과 박희재가 대한을 끝까지 배웅해 주었다.

　두 사람에게 경례를 한 대한은 곧장 고성으로 향했다.

※

　한적한 야간의 고속도로를 몇 시간 달려 도착한 곳은 고성군시 간성읍.

　김영필이 속해 있던 부대로서 대한이 침투할 대대였다.

　대한은 시간을 확인하고는 지도를 살폈다.

　'차는 이쯤에서 두고 가야겠구만.'

　어떻게든 차로 최대한 가까이 가서 쓸데없는 체력 소모를 대폭 줄이고 싶었지만 애석하게도 그럴 수 있는 상황이 아니었다.

　그도 그럴 것이 부대 주변에는 정말이지 아무것도 없었으니까.

　'이 밤에 부대 근처에 차를 세우는 순간 의심받을 게 뻔하다.'

　민가라도 좀 있었다면 그냥 주차를 해 놨겠지만 집은커녕 바람 피할 곳도 없었다.

　대한은 차에서 내려 산을 오르기 시작했다.

지도와 나침반을 확인하며 오르기를 30분.

얼마 뒤, 나무 사이로 은은하게 빛이 보이기 시작했다.

'저기가 탄약고구나.'

김영필이 알려 준 정보로는 이 부대는 탄약고 쪽에는 등화 관제를 하지 않는다고 했다.

아마 근무자들이 육안으로 파악하기 쉽도록 해 둔 조치일 터.

덕분에 접근이 쉬워졌다.

'나한테는 등대나 다름없네.'

대한은 지도를 접어 두고는 그대로 부대 울타리로 접근했다.

그리고 자리에 앉아 익숙한 소리가 들릴 때까지 기다리기 시작했다.

기다리는 이유?

당연히 교대 시간을 파악하기 위해서였다.

'급해서 좋을 건 없으니까.'

대한은 오늘 당장 침투에 성공할 생각이 없었다.

물론 침투 시간이 길어진다면 무척이나 피곤해지겠지만 그렇다고 실패하는 것보단 나았다.

어차피 침투 시간이 정해진 것도 아니었으니까.

'급하게 일 처리를 하려고 하면 꼭 실수가 생기기 마련이니까.'

평소에 하던 훈련 같았으면 실수를 만회할 기회라도 있었겠지만 이번에는 실수하는 순간 끝이었다.

대한은 김영필이 알려 준 정보들을 떠올리고는 시계를 확인했다.

'슬슬 교대할 때가 된 것 같은데.'

다행히 김영필이 준 정보는 정확했다.

얼마 뒤, 울타리 너머로 인기척이 들려왔고 이내 병사들이 근무 교대를 시작했다.

대한은 조용히 앉아 그들의 대화에 집중하기 시작했다.

그러자 근무자들의 대화가 들리기 시작했다.

"아, 존나 피곤하다."

"그러게 말입니다. 아까 축구 너무 열심히 한 것 같습니다."

"짬찌가 피곤하단 소리 해도 되나?"

"저 피곤하단 말은 안 했습니다. 피곤한 느낌만 풍겼을 뿐입니다."

"이야, 많이 컸네. 이제 장난도 치네."

"원래 제가 키는 더 컸습니다?"

"킥킥, 이게 뒤질라고."

대한은 근무자들의 대화에 미소를 지었다.

'사이좋네. 그나저나 새벽 3시인데 이렇게 팔팔하다고?'

낮이 아닌 밤에 침투하려는 이유는 단 하나였다.

상대가 방심하고 있을 시간이니까.

특히 새벽 2시가 넘어가면 대부분이 피곤에 찌들어 있다.

이 시간의 근무자들은 대부분이 자다 나오니까.

근데 대화를 나누는 두 근무자는 오침이라도 한 것처럼 아주 쌩쌩했다.

'딱 30분만 더 기다렸다가 오늘은 이만 철수해야겠다.'

조금 있으면 날이 밝아올 것이다.

처음부터 무리할 필요는 없었기에 각이 안 보이면 이만 철수를 하는 것이 맞았다.

그렇기에 대한은 마음 편하게 숙소를 검색하기 시작했다.

'아니 근데 휴가철도 지났는데 여긴 왜 이렇게 방값이 비싸?'

군부대 근처라 그런가?

공병단 근처랑 비교했을 때 약 두 배 정도는 되는 것 같았다.

'쯧쯧, 군부대 근처면 더 싸게 해 줘야지. 아무리 자본주의라지만 너무하네, 정말.'

뭔가 억울하긴 했지만 다른 곳이 없는 걸 어쩌겠나.

몰래 왔는데 그렇다고 회관에서 갈 수도 없는 노릇이고.

대한이 숙소 예약을 마치고 철수하기 위해 주변을 살폈다.

그때, 근무자들의 목소리가 사라진 걸 느꼈다.

'설마?'

혹시나 하는 마음에 귀를 기울여 보았다.

그런데 웬걸.

미약하긴 하나 이것은 분명한 코 고는 소리가 분명했다.

'그럼 그렇지. 실컷 떠들고 빠르게 취침에 들어갔구만.'

근무자들이 나태해져 있는 지금 이 순간을 놓칠 순 없었다.

대한은 울타리로 빠르게 접근한 다음 탄약고 초소에 붙어 있는 CCTV의 방향을 살피며 침투 동선을 정했다.

'오케이, 각 나왔으.'

루트를 확정한 대한은 울타리에 설치되어 있는 철조망에 흑복 재킷을 벗어 던졌다.

'경계병만 없으면 철조망은 아무것도 아니지.'

적이 철조망 때문에 침입을 시도하지 않을까?

절대 아니었다.

경계병만 없다면 과장 조금 보태서 이깟 철조망쯤은 수백 개가 깔려 있어도 쉽게 통과할 것이다.

물론 준비 없이 통과한다면 다칠 수야 있겠지만 결과적으로 죽진 않을 것이다.

반면 침투를 허용한 아군의 경우에는 목숨을 장담할 수 없을 터.

지금도 그러했다.

대한은 재킷을 이용해 철조망을 누르며 손쉽게 울타리를 넘었다.

탄약고 근무자들은 인기척을 느끼지 못했는지 여전히 코를 골며 잠들었고 대한은 정해 둔 동선을 따라 재빠르게 움직여 탄약고 초소의 계단을 오르기 시작했다.

그리고 마침내 근무자들이 단잠에 빠져 있는 걸 확인할 수 있었다.

'자식들이 빠져 가지고.'

한 사람은 서서 졸고 있었고 한 사람은 아예 바닥에 드러누워 있었다.

누가 선임이고 후임인지 뻔히 보였다.

대한은 조용히 미소 지어 보인 뒤 서서 졸고 있는 근무자의 총기를 조용히 집어 들었다.

그러자 서서 졸고 있던 후임 근무자의 정신이 미약하게나마 돌아오기 시작했다.

몸에 걸쳐 놓은 총기가 결코 가볍진 않았으니까.

잠결에 총기를 더듬던 후임 근무자는 이내 눈앞의 대한을 확인하고는 그대로 얼어붙었다.

"……어?"

"안녕?"

"어, 어?"

"어어는 반말이고. 정신 안 차리지?"

대한이 후임 근무자의 총을 어깨에 걸치고는 마저 말을 이었다.

"가관이다, 그치? 아무리 군기가 빠졌어도 그래도 한 놈은 눈 뜨고 있어야 하는 거 아니냐?"

"초, 최 상병님? 자, 잠시만 일어나 보십쇼."

당황한 후임 근무자가 선임 근무자를 깨운다.

그러나 어찌나 깊게 잠들었는지 녀석은 두 번은 더 흔들린 뒤에야 비몽사몽 정신을 차렸다.

"아, 씨발 뭔 지랄이야…… 교대 오면 깨우라니까……."

"아, 아니, 지, 지금 일어나 보셔야 할 것 같습니다."

"……?"

후임의 떨리는 목소리에 최 상병이 게슴츠레 눈을 뜬다.

그리고 후임 옆에 제3의 인물이 있다는 걸 깨닫고는 귀신이라도 본 것처럼 벌떡 일어났다.

"안녕?"

"누, 누구십니까?"

"최 상병, 누군지가 중요한 거 같아?"

"그, 그게 무슨……."

"내가 북한군이든 민간인이든 상관없이 너희 지금 큰일 난 거 아냐? 잘 봐. 후임 총도 내 손에 있어."

"어, 어? 그, 그게 왜……? 아, 아니, 그, 그걸 왜 그쪽이 들고 계십니까……?"

"그러게, 내가 왜 들고 있을까?"

대한의 되물음에 두 근무자의 얼굴이 점점 흙빛으로 변해 갔다.

아무래도 이제야 상황의 심각성을 깨달은 모양.

두 사람이 어찌할 줄 모른 채 눈동자만 데굴데굴 굴리고 있자 대한이 피식 웃으며 미리 준비해 온 공무원증을 꺼내 흔들어 보였다.

"내가 북한군이나 민간인이 아닌 걸 다행으로 알아라."

"아…… 간부님이셨구나…… 하…… 놀래라……."

"쯧쯧, 안심하는 꼬라지 하고는……."

"죄, 죄송합니다. 근데 지금 이 시간에 여긴 왜……?"

"왜긴, 총 필요해서 왔지."

"초, 총 말씀이십니까?"

"응, 내 총이 좀 멀리 있거든."

대한의 대답에 당황스러운 눈빛을 숨기지 못했다.

그도 그럴 것이 총기 관리를 못한 죄는 절대 가볍지 않았으니까.

'실제 상황이면 작살이 났지.'

부대 내 징계로 끝나면 다행일 정도였다.

선임도 그걸 알고 있었는지 조금 긴장한 어투로 말했다.

"그…… 간부님도 잘 아시겠지만 근무자들에게 이런 장난치시면 안 됩니다. 얼른 돌려주십쇼."

"뭐 잘했다고 이렇게 당당해?"

"……죄송합니다. 돌려주시면 안 되겠습니까?"

"하는 거 봐서 돌려줄게."

"……잘못 들었습니다?"

대한이 초소에 달려 있는 CCTV를 가리키며 말했다.

"일단 CCTV부터 다 가려. 그리고 둘이 눈 똑바로 뜨고 열심히 근무 서고 있어. 내가 돌아왔을 때 둘 다 잘하고 있으면 그때 총 돌려줄게."

"어, 어디 가십니까?"

"그거 대답해 주면 총 안 돌려줄 건데 괜찮아?"

"……조심히 다녀오십쇼."

선임은 새로 전입 온 간부가 장난을 치고 있다는 생각이 들었다.

지금처럼 처음 겪는 상황에 떠올릴 수 있는 최선이었다.

물론 그렇다고 강제로 총을 뺏어 올 순 없었다.

그러기엔 본인들은 큰 죄를 저질렀으니까.

2명의 근무자들은 멀어져 가는 대한을 바라볼 수밖에 없었다.

✳

대한은 총기를 확보한 뒤에 곧장 지휘 통제실이 있는 막사로 향했다.

원래는 지휘 통제실을 먼저 가려고 했었다.

어차피 야간에 지휘 통제실이 마비되면 부대는 전멸한 것과 마찬가지였으니까.

'병력들 지휘할 사람도 없는데 전멸은 시간문제지.'

하지만 막상 빈손으로 가려니 조금 부족한 느낌이 들었다.

정확히는 덜 위협적인 느낌?

또 만약 지휘 통제실만 방문하면 누군가는 운이 좋았다고 딴지를 걸 수도 있을 것 같았다.

'특히 사단장은 인정하기 힘들겠지.'

그래서 총기를 탈취한 것.

대한은 사단이 잘되길 바라는 마음에 양손 무겁게 지휘 통제실을 찾아갔다.

그리고 잠시 뒤, 막사에 도착한 대한은 막사 입구에 서 있는 불침번을 확인했다.

그런데 애석하게도 불침번 근무자는 좀 전의 녀석들과는 달리 정신 멀쩡히 근무를 서고 있었다.

'아깝다, 이놈까지 졸고 있어야 완벽했는데.'

아쉬워하기도 잠시 대한은 주머니에서 미리 준비해 온 캠핑 용품 하나를 꺼내 들었다.

그리고 라이터를 꺼내 통째로 불을 붙였고 입구에서 조금 떨어진 곳에 던져 버렸다.

그러자 바닥에서 예쁜 오로라가 피어오르기 시작했다.

대한이 던진 건 불멍을 할 때 쓰라고 만들어진 캠핑 용품 중 하나였다.

불침번은 눈앞에서 갑자기 피어오르는 오묘한 불길에 화들짝 놀랐다.

"무, 뭐야?"

기대했던 반응에 대한이 미소를 지었다.

'도깨비불인 줄 알겠지?'

믿기 쉬운 상황이 아니었다.

이게 꿈인지 현실인지 헷갈려 하는 것이 정상이었고 불침번이 눈을 비비며 불을 다시 한번 바라봤다.

대한은 한구석에 숨어 불침번이 나오기를 기다렸다.

'나와서 직접 확인하거나 지휘 통제실에 빠르게 보고하겠지.'

두 가지 행동 중 뭘 하든 상관이 없었다.

그래도 기왕이면 직접 나와 봤으면 했고 대한의 바람이 먹혀들었다.

불침번이 조심스럽게 나와 불을 향해 다가왔다.

그것을 본 대한은 미소를 지으며 조용히 총 장전하는 소리를 냈다.

철컥!

그 순간 불침번 근무자의 시간이 얼어붙었다.

절대로 들리면 안 될 소리가 들려왔으니 당연했다.

그는 금방이라도 터질 듯한 심장을 애써 진정시키며 차분하게 주변을 둘러보기 시작했다.

그리고 구석에서 자신을 향해 총구를 겨누고 있는 대한을 발견하고는 그대로 꽁꽁 얼어붙었다.

'리액션 봐라, 잘하면 기절했겠는데?'

실제처럼 침투하라고 하긴 했지만 열심히 군 생활 중인 병사를 폭력으로 제압할 순 없는 노릇이었다.

알아서 기절해 주면 좋겠지만 그게 어디 쉬운 일인가.

그래서 이런 이벤트를 준비한 것.

'그래도 다행히 비명은 안 지르네.'

사실 너무 놀라면 비명은커녕 숨도 잘 안 쉬어진다.

대한이 총구를 불침번에게 겨누며 조용히 말했다.

"미리 말하는데 소리 지르거나 도망칠 생각은 하지 마라. 방아쇠만 당기면 나가는 게 총알이니까."

"……누, 누구십니까?"

"복장 보면 몰라? 북한에서 온 간첩."

대한의 말에 불침번의 머릿속이 새하얗게 변했다.

대한은 그대로 얼어붙은 불침번을 향해 턱짓하며 말했다.

"뭘 그리 멍하게 보고 있어? 이쪽으로 와."

"오, 오라고요?"

"그럼 내가 가리?"

"아…….."

불침번이 대한의 앞에 도착하자 대한이 총구를 내리며 말했다.

"살고 싶어?"

"……예."

"하는 거 봐서 살려 줄게."

"제가 뭘 하면 됩니까……?"

"여기서 불침번 근무 잘 서고 있어."

대한의 요구 조건에 불침번은 순간 사고가 정지했다.

뭘 잘 서고 있으라고?

불침번이 대한의 말을 제대로 이해하지 못한 채 되물었다.

"무, 뭘 서라고 하셨습니까?"

"하고 있던 불침번 근무 마저 하고 있으라고. 제대로 안 서는 거 보이면 바로 쏴 버릴 거니까 그렇게 알고."

대한의 말이 끝나기 무섭게 불침번은 미친 듯이 고개를 끄덕였다.

대한의 요구 조건에 대충 사태 파악이 끝난 모양.

대한은 불침번의 어깨를 토닥여 준 뒤 곧장 막사 안으로 진입했다.

길을 잃거나 헤매는 일은 없었다.

김영필에게 막사 내부에 관한 설명도 들었기에 길을 헤매지 않고 곧장 지휘 통제실로 향했다.

대한이 지휘 통제실의 문을 살짝 열어 상황을 살폈다.

'그렇지. 이게 정상이지.'

원칙적으로 당직 근무 간에 취침은 있을 수 없는 일이었다.

하지만 사람이 어떻게 밤새도록 한 번도 졸지 않을 수 있겠나.

'아예 자리 잡고 자는 것만 아니면 크게 상관은 없지.'

지휘 통제실 안에 있는 사람들은 모두 졸음을 이겨 내지 못한 채 눈을 감고 있었다.

'많이 피곤한가 보네.'

근데 어쩌나 이제부터는 더 피곤해질 텐데.

조금 미안하긴 했다.

하지만 이미 부탁을 받았고 이왕 받은 부탁, 제대로 들어주는 것이 대한의 성격이니 이제 와서 멈출 순 없었다.

대한이 지휘 통제실 문을 힘차게 밀며 말했다.

"전부 동작 그만! 다들 바닥에 엎드려!"

갑작스러운 큰소리에 당직사령은 하마터면 의자에서 떨어질 뻔했다.

뒤늦게 침을 닦으며 일어난 당직사령이 대한을 발견하곤 화들짝 놀라며 의자에서 일어났다.

"어, 무, 뭐야?"

"왜 일어나? 내가 분명 엎드리라 했을 텐데?"

"뭐냐고 이 새끼야! 여기가 어디라고 장난질이야! 너 누구야!"

아무래도 당직사령은 부대원 중 하나가 장난을 친다고 생각하는 모양.

하긴.

갑자기 누가 총 들고 나타나서 엎드리라고 하면 나라도 그렇게 생각하겠다.

그러나 나는 부대원이 아닌데?

대한이 피식 웃으며 말했다.

"내래 북한에서 온 리정혁이라우."

"……뭐?"

"내가 지금 장난치는 것처럼 보여?"

대한은 총을 다시 한번 장전했다.

그러자 이미 장전되어 있던 공포탄 하나가 총에서 빠르게 뛰어나와 바닥에 떨어졌다.

팅.

조용한 지휘 통제실에 탄이 떨어지는 소리가 울려 퍼졌다.

그러자 지휘 통제실에 있던 모든 인원이 급격히 얼어붙었다.

눈치를 보던 병사들은 천천히 의자에서 내려와 바닥으로 내려갔고 단 1명, 당직사령만이 꼿꼿이 허리를 세운 채 대한을 노려봤다.

대한이 당직사령에게 물었다.

"안 엎드려?"

"……너 진짜 북한군이야?"

"왜? 아닌 것 같아?"

"아니, 그건 아닌데…… 후, 원하는 게 있으니까 다 죽이지 않고 이렇게 지휘 통제실로 왔겠지, 원하는 게 뭐야?"

오, 예리한데?

당직사령은 대한과 거래를 할 수 있을 것으로 생각하는 것 같았다.

대한이 피식 웃으며 말했다.

"일단 엎드리십쇼."

"아니, 원하는 걸 이야기하라……."

"야, 장난치는 것 같아? 엎드리라고."

대한은 좀처럼 말을 듣지 않는 당직사령에게 목소리를 바꾸어 위협적으로 말했다.

'부하들 앞이라고 모가지 뻣뻣한 건 알겠는데 눈치 좀 챙겨라.'

그래야 최대한 조용히 넘어가지.

대한은 원래 지휘 통제실 침투에 성공하면 바로 상급부대로 연락해 사단장을 호출할 생각이었다.

하지만 이곳까지 오면서 생각해 보니 그렇게 해서는 안 될 것 같았다.

'괜히 한 사람 인생을 망칠 순 없지.'

아무리 훈련 상황이라고는 하지만 경계에 실패한 군인이 지휘관에게 좋게 보일 리가 없었다.

대한이 돌아가고 나면 분명 죽기 직전까지 욕을 먹을 게 뻔했다.

그래서 어느 정도 도와주려는 것.

전방에서 집에도 못 가고 고생하는 군인들을 더 힘들게 할 순 없지 않겠는가.

대한의 위협적인 언사에 당직사령은 그제서야 바닥에 엎드렸고 대한은 그제서야 지휘 통제실을 돌아다니기 시작했다.

그리고 정보를 수집해 나가기 시작했다.

인접 대대의 위치는 물론 훈련 일정까지.

그때, 부대 조직도가 눈에 들어왔고 당직사령의 계급을 보고는 조용히 한숨을 내쉬며 말했다.

"이야…… 진급 예정자였습니까?"

"……나 보고 하는 말이냐?"

"그럼 여기 진급 예정자가 또 있습니까?"

하필 처음 뚫은 대대에 진급 예정자가 당직을 서고 있다니.

'사단장 호출은 절대 하면 안 되겠구만.'

우려하던 상황이 바로 나타났다.

대한이 뭐라고 소령 진급을 앞둔 대위의 앞길을 막겠나.

특히 다른 사람도 아니고 대위인데.

잠시 고민하던 대한이 당직사령을 불렀다.

"성한구 대위님? 지금 대대장님께 전화하십쇼."

"……연락드려서 뭐라고 해야 되는데?"

"뭐라고 해야 할 것 같습니까?"

"……당장 부대에 오셔야 할 것 같다고?"

"잘 아시네요."

성한구는 미간을 찌푸린 채 휴대폰을 꺼내 들었다.

지금 상황에 대한의 말을 따르는 것 말고는 다른 선택지는 없었다.

한숨을 내쉬고 대대장에게 전화를 걸려던 성한구가 대한을 향해 물었다.

"혹시 관등성명이……?"

"미쳤습니까?"

"대대장님한테 제대로 보고드리…… 에휴, 알겠다."

성한구가 대대장에게 전화를 걸었고 얼마 지나지 않아 전화 연결이 되었다.

그리고 성한구가 상황 설명을 하기 시작했다.

"저 대대장님, 현재 신원 미상의 남자가 지휘 통제실에 침입해서 대대장님 호출을 요구하고 있습니다."

휴대폰 너머로 정적이 흐르는 것도 잠시, 곧이어 엄청난 호통이 이어졌다.

그걸 들은 대한이 성한구를 향해 말했다.

"성 대위님, 스피커폰으로 돌려주십쇼."

"아, 어."

성한구가 스피커폰으로 돌리자마자 엄청난 욕설이 쏟아졌다.

—야, 이 새끼야! 그게 말이 돼?! 소령 진급하더니 정신이 나

간 거야? 군 생활이 심심해? 재미있게 해 줄까?!

"흠흠. 저, 대대장님?"

—누구야?!

"성 대위가 보고드린 신원 미상의 남자입니다."

대한의 말에 대대장은 잠시 침묵하더니 이내 한숨을 내쉬었다.

—하…… 대체 뭔데? 뭐 하는 건데 지금?

"전 침투를 했고 대대는 침투를 허용했습니다. 그것 말고 더 말씀드릴 건 없습니다. 그리고 전 지금부터 30분 안에 대대장님께서 안 오시면 사단에 보고할 생각이니 그렇게 알고 계십쇼."

—자, 잠깐만. 사단에 보고한다고?

"예, 그렇습니다. 아, 혹시나 해서 말씀드리는 건데 사단장님께 직속으로 보고드릴 예정이니 전화 돌리지 마시고 바로 들어오십쇼."

용건을 마친 대한은 조금도 망설이지 않고 전화를 끊었다.

대한이 휴대폰을 성한구 쪽으로 밀며 말했다.

"바로 오시겠죠?"

"……바로 달려오시겠지."

대한은 엎드려 있는 근무자들을 일으켰다.

"전체 기상."

"기, 기상."

"거기 둘, 이 총 탄약고 근무자한테 돌려줘라."

대한은 총기에 들어간 공포탄을 모두 제거한 뒤 병사 둘에게 총을 건넸다.

그리고 성한구에게 공포탄을 인계했다.

그러자 성한구가 물었다.

"설마 탄약고 근무자들한테서 총기 탈취한 거야?"

"예, 그렇습니다만."

"야, 너 군인이라는 놈이 그래도 돼?"

"뭐가요?"

성한구는 약점을 잡았다고 생각했는지 대한을 향해 목소리를 높이기 시작했다.

"신성한 근무 중인 초병을 건드려? 계급은 모르겠지만 간부라면 그게 얼마나 큰 중죄인지 잘 알 텐데?"

이 양반 봐라.

뒤늦게라도 상황파악을 좀 하나 싶었는데 갑자기 삼천포로 빠지네.

대한이 피식 웃으며 말했다.

"제가 초병 건드려서 빼앗아 온 것 같습니까?"

"응? 그럼 어떻게 가져왔단 거야?"

"그냥 탄약고 초소 올라가서 주웠습니다. 곤히 자고 있는 애들을 왜 건드립니까?"

"하…… 이 개자식들이…….."

"근데……."

"응?"

"아까부터 왜 자꾸 반말이지?"

"뭐?"

"당신 내가 누군지 알아? 누군지 알고 자꾸 반말이야?"

"구, 군인 아니……인가요?"

"좋아, 군인이라 치자. 그럼 내 계급 알아?"

"모……르죠?"

"근데 왜 자꾸 반말이야? 아직 상황파악이 안 되지? 경계 뚫리고 지통실도 점령당했는데 아직도 목이 뻣뻣하네?"

대한의 팩트 폭격에 성한구는 잠시 입을 다물더니 이내 고개를 숙였다.

"……죄송합니다."

"됐고, 예의 지킵시다. 진급 예정자라 최대한 편의 봐주려고 하니까."

"예, 알겠습니다."

좀 미안하긴 하지만 백마디 설득보단 차라리 강력한 공포심리로 다루는 게 낫다.

그래야 여기 있는 모두가 살 수 있으니까.

대한이 자연스럽게 의자를 빼서 앉자 성한구가 눈치를 살피며 냉장고에서 음료를 가져왔다.

"일단 이거라도 드시고 계십쇼."

"잘 먹겠습니다."

그렇게 성한구가 건넨 음료를 먹고 있길 얼마간, 얼마 뒤 조용한 부대에 차량 한 대가 굉음을 내며 막사로 다가왔다.

대한은 대대장을 맞이하기 위해 자리에서 일어났고 잠시 후, 대대장이 숨을 헐떡이며 지휘 통제실로 들이닥쳤다.

성한구가 바짝 긴장한 채 경례했다.

"추, 충성!"

"이 새끼 어디 있어? 아직 사단에 보고 한 거 아니지?"

대대장의 외침에 대한이 속으로 한숨을 내쉬었다.

'당직사령이나 대대장이나 왜 이렇게 눈치가 없냐.'

사단에 보고 안 했으면 어쩔 건데?

날 잡아다가 협박이라도 하려고?

대한이 대대장을 빤히 바라보며 말했다.

"이 새끼 여기 있고 아직 사단에 보고는 안 드렸습니다."

"하, 너 뭐야? 부대장한테 말도 없이 대체 야간에 뭐 하는 짓거리야?"

"사단장님이 지시하셨는데 대대장 허락을 따로 받아야 합니까?"

"그래도 예의라는 게 있지! 군 생활 한다는 놈이 그것도 몰라?"

예의라······.

지금 본인이 하고 있는 건 예의인가?

그래.

그래도 나이도 어린놈이라는 말로 시작 안 한 게 어디야.

대한은 대대장의 마음을 이해해 주기로 했다.

"많이 긴장되시는가 봅니다."

"……뭐?"

"걱정하지 마십쇼. 대대장님께서 절 보고 있는 것 자체가 아직 기회가 있다는 거니까. 일단 앉으십쇼."

대대장은 대한의 차분한 말투에 본인의 행동을 뒤돌아보았다. 그리고 민망한지 헛기침을 하며 자리에 앉았다.

"흠흠, 기회라니 무슨 말인가?"

"말씀드리기 전에 절 군인이라고 하지 마십쇼."

"……군인이지 않나?"

"군인이라고 말씀드린 적 없습니다."

계급이 높았다면 시원하게 공개하고 대화를 시작했을 것이다.

하지만 중위라는 계급은 공개하면 오히려 역효과가 날 것이 분명했다.

'어떻게든 협상을 해 보려고 하겠지.'

물론 그런 협상 과정에서 회유가 될까 봐 걱정하는 건 아니었다.

그도 그럴 것이 대대장이 뭘 제안하든 사단장보다는 못 할 것들일 테니.

그저 일을 진행함에 있어 태클이 들어오는 걸 막기 위해서였다.

대대장이 고개를 끄덕이며 답했다.

"알겠네. 조금 전에 막말 한 건 미안하게 생각하네. 내 사과하지."

"대대장님과 성 대위 둘 다 태세 전환이 빠르시네요. 좋습니다. 바로 말씀드리겠습니다."

대한이 자리에서 일어나 부대 일정표를 가지고 돌아와 말을 이었다.

"일단 이번 주 일정 싹 다 다음 주로 미루십쇼. 그리고 곧장 경계 시범식 교육을 할 겁니다."

"경계 시범식 교육?"

"예, 사단에 맞게끔 경계를 바꿔야죠. 다음에 제가 또 왔을 때 뚫리지 않으셔야 할 것 아닙니까."

대대장은 대한이 다음에 또 온다는 말을 듣고 깊은 한숨을 내쉬었다.

"또 온다고? 그나저나 이거 하면 사단장님께 보고 안 드리겠다는 건가?"

"잘 해내시면 보고할 필요 없지 않겠습니까?"

대대장은 성한구와 눈빛을 교환했다.

대한이 보고만 안 한다면 오늘 일은 없는 일이나 마찬가지였다.

그리고 대한의 입을 막는 건 생각보다 간단했다.

고작 시범식 교육.

분기마다 하는 것들인데 뭐가 그리 힘들까.

희망을 본 대대장이 얼굴에 약간의 미소를 띠우며 말했다.

"하하, 그렇구만. 아휴, 내가 이런 시원시원한 친구인 줄도 모르고 괜히 열을 올렸네. 미안하네."

"마음이 좀 편해지신 것 같아 다행이긴 합니다만…… 전 분명 잘 해내셔야 한다고 말씀드렸습니다."

"시범식 교육 못 하는 부대가 어디 있나? 당장 내일 실시하지 뭐. 성 대위, 준비 됐지?"

"예, 그렇습니다! 지금 당장도 가능합니다."

"봤지? 우리가 이번엔 실수로 침투를 허용하긴 했지만 원래는 빈틈이 없는 부대라고."

어이가 없네.

대한이 정색하며 물었다.

"경계에 실수가 있으면 됩니까?"

대대장은 대한의 날 선 목소리에 바로 목소리를 낮추고 어색하게 웃었다.

"하하…… 어, 없어야지."

"당연히 없어야죠. 그런 의미에서 이번 건은 실수가 아니라 빈틈이 존재했다고 생각합니다."

"그, 그래?"

대대장은 대한이 본인의 잘못이 아니라 말해 주는 것으로 느꼈는지 얼굴에 화색이 돌았다.

그러자 대한이 대대장을 차갑게 바라보며 말했다.

"근데 빈틈을 찾으려고 노력도 안 한 것도 문제입니다. 대대 장이 시간만 보내면서 돈 받는 자리는 아니지 않습니까."

"……그렇지."

"그리고 만약 빈틈을 찾고서도 가만히 있었다면 그건 더 큰 문제입니다."

대대장은 대한에게 더 할 말이 없었다.

본인도 슬슬 부끄러워지고 있었으니까.

대한의 말이 이어졌다.

"무능해서 방관할 수밖에 없다는 말 듣기 싫으시면 시범식 교육 준비를 철저히 하셔야 할 겁니다."

그 말에 대대장이 얼른 성한구를 불렀다.

"성 대위! 조금 있다가 일과 시작하면 바로 시작하지."

"예, 알겠습니다!"

근무 이후에 휴식 따위는 보장해 줄 수 없는 상황이었다.

성한구의 속이 어떤지는 모르겠지만 그는 씩씩하게 답했다.

그것을 본 대한이 고개를 저으며 말했다.

"성 대위님, 근무 퇴근 안 하십니까?"

"지금 같은 상황에 근무 퇴근을 어떻게 하겠습니까?"

"왜 못 합니까? 이 부대에는 대대장이 없습니까? 중대장이 하는 일은 쉽게 할 수 있으니까 대대장까지 올라간 거 아닙니까. 대대장님이 대신 하십쇼."

대대장이 당황한 표정으로 답했다.

"내, 내가?"

"예, 그렇습니다. 아, 그리고 어쩔 수 없이 대대장님이 하셔야 할 겁니다."

"왜, 왜?"

"부대 병력들을 대상으로 하는 교육이 아니니까요."

"그게 무슨…… 설마?"

"당연히 사단 전체에 하는 거죠."

"사, 사단 전체 말인가?"

"그럼요?"

대대장이 당황하여 되물었으나 대한은 표정 하나 바꾸지 않고 바로 받아쳤다.

육준엽이 대한에게 부탁한 건 경계에 있어 빈틈을 매꿔 달란 것.

그러기 위해 부대를 침투한 뒤 빈틈을 찾아보고 또는 교육을 해야 했다. 그러니 이번 교육은 당연히 사단 전체를 대상으로 해야 한다.

'어차피 내가 할 것도 아니고 나한테 뚫린 부대한테 교육 맡길 생각이었으니 아무렴 상관없지.'

눈앞에 이렇게 훌륭한 인력이 있는데 굳이 내가?

게다가 이렇게 한다면 부대에 바로 적용을 시킬 수 있을 테고 육준엽도 아마 이런 것을 원할 터.

대대장이 조금 심각해진 표정을 짓더니 이내 바보 같은 질문을 이었다.

"……그럼 사단장님도 부르라는 건가?"

"당연하죠. 사단장님께 말씀드리기 뭐하면 제가 말씀드리긴 하겠지만…… 사단장님께 잘 보이고 싶으시지 않습니까?"

"그, 그렇지?"

"그러면 대대장님께서 직접 보고드리십쇼. 사단 경계의 빈틈을 찾았고 이를 보완할 수 있는 경계 시범식 교육을 실시하고자 한다고 말씀드리면 바로 허락하실 겁니다."

대한이 온 걸 모르는 육준엽의 입장에서는 이게 웬 떡이냐 생각할 터.

그도 그럴 게 막상 육준엽도 대한에게 뚫리기는 싫을 테니까.

'잘 막아 내고 보완할 사항 듣고 싶겠지.'

물론 뚫었던 사실을 숨길 생각은 아니었다.

영천에서 올라왔는데 어떻게 빈손으로 갈 수 있겠나.

다만 그 방식으로는 육준엽의 체면을 살려 주며 보상을 받을 생각이었다.

대대장은 대한의 말에 부담을 느꼈는지 한참을 고민했다.

그러나 그에게 선택지가 있을까?

그가 곧 비장한 표정으로 고개를 끄덕였다.

"좀 시간이 걸려도 괜찮나?"

"당연하죠. 어설프게 하는 건 제가 용납 못 합니다. 제가 도와드릴 테니 제대로 준비하시죠."

"고맙네. 성 대위, 부대 지도 좀 뽑아서 가져다 줘. 그리고 조금 있다가 당직 보고는 생략하고 시간 되면 퇴근해라."

"예, 알겠습니다!"

퇴근하라는 말에 성한구의 표정이 밝아졌다.

마냥 퇴근 때문에 좋은 것만은 아니었다.

그는 오늘 하마터면 나 때문에 군복을 벗을 뻔했으니 지금은 뭘 해도 기분이 좋을 것이다.

잠시 후, 성한구가 대한과 대대장에게 지도를 가져다주었고 대한이 성한구에게 조용히 웃으며 말했다.

"퇴근하셔서 푹 쉬시고 최상의 컨디션으로 출근하시기 바랍니다."

너 할 일 많아.

살려줬는데 은혜는 갚아야 하지 않겠니?

특히 부대의 다른 인원들은 몰라도 대대장과 성한구는 고생을 좀 해야 했다.

대한의 미소에 성한구가 어색하게 웃으며 말했다.

"하하…… 예, 알겠습니다."

"예, 고생 많으셨습니다."

대한은 대대장과 함께 지도를 보며 시범식 교육을 준비하기 시작했다.

✱

다음 날 아침.

성한구는 출근하자마자 대대장실 문을 두드렸다.

"들어가도 되겠습니까?"

대대장의 허락에 문을 열었다. 그러고는 소파에 누워 있는 대한을 보고 깜짝 놀라며 물었다.

"어? 그쪽이 왜 여기에……?"

"일찍 출근하셨습니다? 대대장님이랑 저는 조금만 더 쉬다가 시작하려는데 조금 기다려 주시겠습니까?"

성한구는 그제야 대대장을 확인할 수 있었고 대대장은 의자에 파묻힌 채 정신이 반쯤 나가 있었다.

성한구가 대한에게 물었다.

"대대장님께선 왜 저렇게 되신 겁니까?"

"24시간 동안 집중하셨으니 저렇게 되는 것도 당연합니다."

"24시간……? 그럼 제가 당직 설 때부터 시작해서 여태 쉬지도 않고 계속하신 겁니까?"

"그래야죠. 당장 내일 북한군이 쳐들어오면 어쩌려고 그러십니까?"

"아, 아니. 그래도 그렇지……."

성한구가 대대장을 걱정하는 것도 잠시.

대대장이 귀찮다는 듯 입을 열었다.

"성 대위, 따로 할 말 없으면 나가 봐라. 겨우 얻어 낸 쉬는 시간을 방해받고 싶지 않다."

"아, 예. 죄송합니다."

"아, 나가면서 간부들한테 좀 전해. 대대장실 들어오지 말라고."

"예, 확실하게 전달하겠습니다."

대대장은 손을 내저으며 눈을 감았다.

대한이 시간을 확인하고는 성한구에게 말했다.

"09시까지 지휘 통제실로 중대장들 모아 주십쇼."

성한구가 고개를 끄덕이며 대대장실을 벗어났다.

그러자 대한이 대대장을 불렀다.

"들으셨죠?"

"뭘?"

"또 모른 척하시네. 09시에 중대장들 호출했지 않습니까. 중대장들한테 교육한 뒤에 병력들 교육시키고 사단장님께 보고드리십쇼."

"후…… 자네는 부대에서도 일을 이런 식으로 하는가?"

"저 군인 아닌데요?"

"군인이 아니긴 뭐가 아니야. 사단장님께 직접 지시받고 내려왔으면 당연히 군인이겠지."

대한이 피식 웃으며 답했다.

"긍정도 부정도 하지 않겠습니다."

"사단 지역을 잘 모르는 걸로 봐서는 22사단 소속은 아닌 것 같고…… 무튼 자네를 데리고 있는 지휘관은 고생 좀 하겠네."

"절 밑에 둔 분이 고생하겠습니까?"

"그럼? 일을 이렇게 하는데 고생 안 할 수가 있나?"

"에이, 저는 제 상급자 고생 안 시킵니다. 제 선에서 제가 알아서 다 하죠. 알잘딱깔센이라고 아십니까?"

"알잘 뭐?"

일하는 데 있어 절대 고생은 하지 않는다.

마지막에 서명만 해도 되게끔 완벽하게 마무리한 상태로 계획을 가져가니까.

하지만 일이 진행되었을 때는 조금 고생해야 했다.

희한하게도 대한이 하는 일마다 높으신 분들이 관심을 보여서 말이다.

'그래도 나쁘게 끝난 적은 없잖아?'

아니, 오히려 다 좋게 풀렸다.

박희재의 진급이 바로 그 증거.

대대장이 대한을 빤히 쳐다보더니 이내 물었다.

"난 왜 이렇게 고생시키는 거야?"

"제 위에 분이 아니지 않습니까."

"뭐?"

"이럴 시간에 조금이라도 쉬는 게 좋지 않겠습니까? 09시 지나면 바로 사단에 연락하셔야 할 텐데."

대대장은 대한의 말이 끝나기가 무섭게 입과 눈을 닫아 버렸다.

대한도 다시 소파에 누워 휴식을 취했다.

잠시 후, 09시가 되자마자 대한과 대대장은 지휘 통제실로 향했다.

그리고 24시간 동안 세운 계획을 중대장들에게 설명했다.

설명을 들은 중대장들은 그대로 중대원 교육을 위해 이동했고 대한은 대대장과 함께 다시 대대장실로 복귀했다.

그리고 대대장의 컴퓨터 앞에 앉아 작업을 시작했다.

이내 작업이 모두 마무리가 되었고 클릭 한 번만 하면 보고가 올라가는 상태였다.

결재를 올리기 직전, 대대장이 대한을 다급히 불렀다.

"자, 잠깐!"

"왜 그러십니까."

"아, 아니. 내 군 생활 동안 이렇게 결재를 올렸던 적이 한 번도 없어서…… 이거 진짜 괜찮겠지?"

"당연히 괜찮습니다."

"그, 근거는?"

"저를 보낸 분이 누구인지 생각하십쇼."

"……후, 알겠네. 결재 올리지."

대한이 음흉하게 웃으며 결재를 완료했다.

근데 사실 대대장의 심정을 이해 못 하는 건 아니었다.

그도 그럴 게 검토자를 한 명도 안 넣었으니까.

대대급 부대 기준으로 대대장에게 결재를 올릴 때 정작과장을 거쳐 가는 경우가 대부분이었다.

대대에서는 정작과장만이 대대장에게 다이렉트로 결재를 올릴 수 있었으니까.

그런데 일개 대대장이 사단장에게 직접 보고를 한다?

실제론 있어서는 안 될 일이었다.

그럼에도 불구하고 이렇게 한 이유가 있었다.

'중간에서 이것저것 물어보기 시작하면 시간만 더 걸린다.'

육준엽의 의도를 아는 대한이 생각해 보았을 때 이게 맞았다.

물론 대한도 이런 식의 일처리는 처음 해 보는 일.

그래서 육준엽의 반응이 기대되긴 했다.

그렇게 결재를 올린 지 5분쯤 지났을까.

대대장의 전화가 울리기 시작했다.

대대장이 발신자를 확인하고는 얼른 수화기를 들어 올렸다.

"추, 충성! 근무 중 이상 없습니다!"

─어, 결재 올린 거 확인했다. 승인했으니까 사단 예하부대 지휘관들에게 전달해서 다 모이라고 해라.

"예, 알겠습니다!"

-그래, 교육 날 보자.

육준엽이 전화를 끊자 대대장이 크게 한숨을 내쉬었다.

그런 대대장을 보며 대한이 옅은 미소를 지었다.

"거 보십쇼. 괜찮지 않습니까."

"후…… 그러네."

대한이 자리를 비켜 주자 대대장이 자리에 앉아 사단 예하 지휘관들에게 공문을 내리기 시작했다.

이내 공문을 확인한 지휘관들이 궁금한 것이 있는지 대대장실로 전화를 걸어왔고 대한은 자연스럽게 자리를 피해 주었다.

대한은 막사 밖으로 이동해 중대장들이 교육하는 걸 확인했다.

'성한구가 제일 열심히네.'

본인의 책임이 있다 생각하는지 교육에 열정적이었다.

'시범식 교육 땐 자연스러워지겠구만.'

시범식 교육까지 이틀 정도 남아 있었다.

그 동안 계속 부대에 남아 있을 건 아니었다.

완벽한 경계를 위해 협조해야 할 사항이 남아 있었으니까.

대한이 휴대폰을 꺼내 전화를 걸었다.

"서장님, 안녕하십니까. 김대한 중위입니다."

-아, 김 중위님. 잘 지내셨습니까?

권승준이 반가움을 드러냈다.

대한이 웃으며 말을 이었다.

"서장님은 잘 지내셨습니까."

-예, 그럼요. 그나저나 어쩐 일로?

"아, 도움 필요할 때 연락 달라하셔서 연락 드려 봤습니다."

-하하, 그랬죠. 기다리고 있긴 했는데 이렇게 빨리 올 줄은 몰랐네요. 또 휴가 계획 있습니까?

"휴가는 아니고 경계 관련해서 협조 사항이 있습니다."

-경계라면…… 해양 경계 말씀하시는 겁니까?

"예, 그렇습니다."

-흠, 일단 한번 들어 봐야 할 것 같네요. 지금 설명 가능하십니까?

대한이 본인의 생각을 천천히 풀어 주었고 끝까지 들은 권승준이 조용히 한숨을 내쉬며 말했다.

-마음 같아서는 당장에라도 도와드리고 싶은데 이 건은 혼자서 결정할 내용이 아니네요.

"저도 당장 도움 달라는 말은 아니었습니다. 길게 보고드리는 말씀이니 충분히 고민해 보시고 답변 주십쇼."

-알겠습니다. 근데 이거 김 중위님이 직접 하시는 일인가요? 그러기엔 사이즈가 너무 큰데?

"하하, 맞습니다. 제가 직접 하는 건 아니고 22사단장님이 하시는 일입니다."

-사단장이면 말이 되겠네요. 알겠습니다. 저도 준비 좀 해서 말씀드리겠습니다.

대한은 권승준과의 전화를 끊고는 잘되길 기도했다.

'권승준은 긍정적인 것 같긴 하지만 해경 수뇌부 입장은 다를 수 있으니까.'

대한이 권승준에게 부탁한 건 해양 경계를 군과 해경이 공조하자는 것이었다.

만약 대한의 부탁대로 된다면 해경이 군대의 명령을 받는 듯한 느낌이 될 것이기에 수뇌부 입장에서는 불편할 것이 분명했다.

하나 그걸 알면서도 이런 제안을 넣은 건 다 이유가 있어서였다.

'불편하다고 안전을 포기할 순 없지.'

불편한 건 조율을 하면 그만이다.

물론 대한이 할 건 아니었지만.

'사단장이 직접 해야겠지.'

이런 큰일을 책임지기에는 계급이 낮지 않나.

대한은 중위라는 계급을 떠올리며 함박웃음을 지었다.

'이왕 이렇게 된 거 튼튼한 군대를 만들어 놨으면 좋겠다.'

대한은 진심이었다.

✳

그로부터 이틀 뒤.

이른 아침부터 간성읍에 있는 1대대로 수많은 지휘관 차량들이 모이기 시작했다.

22사단장이 지휘관들에게 교육 참석하라 했으니 정말 특별한 경우를 제외하고는 사단의 지휘관들이 전원 참석해야 했다.

여기서 말한 지휘관은 기본이 중령.

대대장은 대대장실이 아니라 위병소에 서서 차가 들어올 때마다 경례를 하는 중이었다.

대대장이 옆에 서 있는 성한구에게 말했다.

"간부들 잘 교육해 놨지? 오늘 사단장님은 물론이고 여단, 연대 지휘관들 다 온다. 행동 하나하나 조심해야 한다고."

"예, 아침에도 교육하고 나왔습니다."

"그래, 잘했다. 하…… 그나저나 이게 진짜 무슨 일인지…… 근데 그놈은 어디 갔어?"

"괴한 말입니까?"

괴한.

대한을 말했다.

대한이 끝까지 아무런 신분도 가르쳐 주지 않았기에 딱히 부를 말이 없었다.

딱 봐도 군인인 것 같지만 본인이 군인이 아니라는데 어쩌겠나.

물론 두 사람이 대한에 대해 안 알아본 건 아니었다.

머리를 맞대고 계속 검색을 해 보았으나 좀처럼 서치 되는 인물이 없었다.

　당연했다.

　그도 그럴 것이 영천에서 왔다고는 절대로 생각 못 할 테니.

　그때, 위병소로 차량 한 대가 들어왔다.

　성한구가 재빠르게 출입 명단을 확인하고는 대대장에게 말했다.

　"알려 주신 것과 다른 차량을 타고 오시는 분이 계신 것 같습니다."

　"외제차인 걸 보니 높은 분인 것 같다. 똑바로 서."

　잠시 후, 차량이 두 사람 앞에 멈춰 섰고 대대장은 경례를 하려다 얼굴을 확인하고는 그대로 얼어붙었다.

　이내 운전석에 앉은 남자가 차에서 내리며 말했다.

　"충성. 여기서 뭐 하십니까. 교육 준비는 다 하셨습니까?"

　"너, 너 이 자식……! 주, 중위였어?"

　외제차를 타고 나타난 사람.

　다름 아닌 대한이었다.

Chapter 2

대한이 부들거리는 성한구의 물음에 대수롭잖다는 듯 대답했다.

"아, 예. 그렇습니다."

"와…… 진짜 어떻게……."

아무래도 뭔가 하고 싶은 말이 많은 모양.

그러나 대한은 가볍게 성한구를 무시하며 말했다.

"사단장님과 연락하고 왔는데 오자마자 교육 보고 싶다고 하십니다."

"사단장님이랑 연이 있었구만. 도착 예정 시간이 언제야?"

"한 5분? 거의 다 오셨다고 했는데."

"……그걸 왜 이제 말해?"

성한구가 다급히 막사로 뛰어 올라갔고 대대장이 멍하니 대한을 바라봤다.

대한이 대대장에게 물었다.

"안 가십니까?"

"어? 어. 가, 가야지."

"너무 긴장하지 마십쇼. 어차피 제가 도와 드릴거니까."

"도와준다고? 뭘?"

분명 대대에서 전부 알아서 하는 것으로 계획을 짜 놓은 상태였다.

그런데 대한이 돕는다니?

대대장은 중위에게 휘둘리는 것 같아 자존심이 상했다.

하지만 지금은 자존심을 부릴 상황이 아니었다.

대한의 말이 곧 동아줄이었으니까.

대한이 미소를 지으며 말했다.

"사단장님께 따로 말씀드릴 사항이라 계획한 것만 잘 해 주시면 됩니다."

"그, 그래. 그럼 잘 좀 부탁하마."

더 이상 지휘관의 차량을 맞이할 시간이 없었다.

그리고 육준엽이 도착하는 순간, 다른 지휘관들에게 인사할 필요도 없었기에 대대장 또한 교육 준비를 위해 빠르게 이동했다.

대한은 두 사람이 사라진 것을 보고는 위병소에 차량을 주차했다.

잠시 후, 육준엽의 차량이 부대로 빠르게 다가왔다.

대한이 타이밍 맞춰 경례했다.

"충! 성!"

뒷자리에 앉은 육준엽이 창문을 열고는 웃으며 말했다.

"충성. 잘 있었냐?"

"예, 그렇습니다."

"뭐 하고 서 있어. 얼른 타. 같이 올라가자."

대한이 육준엽의 옆자리에 빠르게 탑승했고 막사로 올라가는 길에 육준엽이 대한에게 물었다.

"침투에 성공한 것이냐?"

"솔직하게 말씀드립니까?"

육준엽은 대한의 눈을 빤히 바라봤다.

이미 대한의 확신에 찬 눈이 성공했다는 걸 말해 주고 있었다.

육준엽이 고개를 내저었다.

"……아니. 말하지 마라. 실망할 것 같다."

중대장이 실망하는 것도 하급자 입장에서 치명적인데 사단장이 실망한다?

강원도 일대에 경계경보가 울릴 일이었다.

대한이 그에게 물었다.

"과정 안 궁금하십니까?"

"궁금하긴 한데 다 듣고 싶진 않다."

"하하, 그럼 핵심적인 부분만 보고드리겠습니다."

"해 봐라."

"철조망의 침투 저지 능력이 의심되고 경계 구역의 CCTV 각도가 미흡합니다."

육준엽은 대한의 말을 듣고 잠시 고민을 하더니 이내 입을 열었다.

"철조망을 넘어 CCTV의 사각지대를 노려 침투했다는 말이구나. 흠, 혹시 내부 정보를 알고 있었나?"

"살짝 알고는 있었는데 딱히 쓸 만한 내용은 아니었습니다. 여기 와서도 수집 가능한 정보들이었습니다."

"크흠…… 그럼 북한군이 내려와서도 충분히 할 수 있겠구만. 그나저나 지휘 통제실까지 뚫은 거야?"

"다 말씀드립니까?"

조금 전까지만 해도 분명 듣고 싶지 않았다.

당연한 거 아니겠나.

본인이 아끼는 부하들이 다른 부대 중위에게 탈탈 털렸다는데 어느 지휘관이 좋아하겠나.

하지만 호기심이 제일 무섭다고 듣다 보니 점점 궁금해졌다.

그리고 차라리 대한에게 뚫린 걸 다행이라고 생각했다.

대한을 직접 경험해 보지 못해 완전히 인정하진 못하지만 성과만 놓고 보면 충분히 인정할 만한 인물이기에 여기까지 부른 것이었으니까.

육준엽이 고개를 끄덕이며 말했다.

"너한테만 쪽팔리면 되니까 다행이라는 생각이 드는 구나. 그냥 시원하게 다 말해라. 받아들이마."

"예, 알겠습니다."

대한은 부대에서 출발한 것부터 시작해서 지휘 통제실까지 들어간 과정을 하나도 빠짐없이 모두 말해 주었다.

중간중간 놀란 표정을 숨기지 않았지만 일단 말을 끊지 않고 끝까지 들은 육준엽이 크게 한숨을 내쉬었다.

"에휴, 북한에서 내려오는 놈들이 너 보다 잘할 거란 생각이 들지는 않지만 너만큼 하는 놈들이 내려오겠지?"

"잘은 모르겠지만 저보다 더 의지 있는 놈들이 내려오지 않겠습니까?"

만약 적이라면 목숨을 걸고 침투를 해 올 것이다.

그 과정에서 상대의 피해는 전혀 생각하지 않을 터.

육준엽은 상상만 해도 끔찍한 결과에 다시 한번 한숨을 내쉬었다.

"혹시 다른 곳도 다녀왔나?"

"아닙니다. 여기가 처음입니다."

"그럼 혹시 다른 곳을 뚫지 않은 이유가 다 비슷할 것 같아서냐?"

"······맞습니다."

"하, 그래서 교육하겠다고 공문을 올린 거구나······ 교육 계획도 네가 보낸 거고?"

"예. 그렇습니다."

"교육은 알아서 하라고 하지."

"사단장님이 저한테 원하셨던 것이 침투를 하고 미흡 사항을 조치해 달라고 하셨지 않습니까. 미흡한 사항을 조치하는 과정이었을 뿐입니다. 이 부대 간부들을 보호하려고 한 것은 아닙니다."

"보호라······ 혼내지 말라는 거지?"

"딱히 그런 의도로 드린 말씀은 아니었는데······ 그렇게 해 주신다면 감사하겠습니다."

"그래, 네 말마따나 딱히 뭐라 하진 않으마. 어차피 다 내 잘못이지 뭐."

대한은 육준엽의 말에 사람이 달리 보이기 시작했다.

'이 양반 생각보다 괜찮은데?'

추지훈과 친한 걸 보고는 생각이 어느 정도 열려 있는 사람일 거라고 생각은 했다.

하지만 이 정도일 줄이야.

'끼리끼리 논다더니······ 그 말이 딱 맞네.'

이런 양반이 사고로 날아가는 걸 보고 있을 대한이 아니었다.

대한이 말했다.

"일단 시범식 교육 확인해 보시고 부족한 부분이 있으면 말해 주십쇼. 여기 좀 지내면서 사단 예하부대 점검까지 하고 가겠습니다."

육준엽이 대한을 바라보는 것도 잠시.

이내 피식 웃으며 입을 열었다.

"고맙다. 네가 우리 사단에 직속 참모들보다 날 더 생각해 주는 것 같구나."

"사단장님을 생각하는 것도 맞는데 집에서 쉬는 저희 어머니를 생각해서이기도 합니다."

국민들이 누굴 믿고 편히 지내는데.

이런 건 군에서 알아서 잘해야 하지 않겠나.

대한의 말에 육준엽이 만족스러운 표정을 지었고 차량은 이내 막사 앞에 도착했다.

막사 앞에는 미리 소식을 들은 지휘관들이 도열해 있었다.

이내 차가 멈춰 서고, 육준엽이 내리자 엄청난 경례 소리가 대대에 울려 퍼졌다.

"충! 성!"

"충성. 쉬어."

"쉬어!"

"그래, 오느라 고생 많았다. 일단 교육 바로 보고 따로 이야기하지."

육준엽이 대한에게 보여 줬던 따뜻함은 전혀 보이지 않았다.

말에서 냉기가 느껴지고 있었고 지휘관들은 육준엽의 눈치를 볼 수밖에 없었다.

그러나 딱 한 명.

딱 한 명만큼은 해맑은 표정이었다.

대한이었다.

대한은 맑은 표정으로 육준엽의 뒤를 따랐는데 지휘관들은 그런 대한의 정체를 궁금해 했다.

그러나 호기심은 오래 가지 못했다.

바로 교육을 시작해야 했으니까.

이윽고 연병장에 대기 중이던 대대장에게 육준엽이 말했다.

"바로 교육 시작해라."

"예, 알겠습니다!"

대대장이 목을 가다듬고 입을 열었다.

"지금부터 경계 시범식 교육을 실시하겠습니다! 이 교육을 실시하는 이유는 현재 실시되고 있는 경계 방식에 빈틈이 있다고 판단이 되어……."

지휘관들은 각자 수첩을 꺼내 메모하며 듣기 시작했다.

그도 그럴 것이 이 교육이 끝나고 부대에 돌아가는 순간 다 따라 해야 할 것들이었으니까.

그리고 육준엽의 기분이 좋지 않아 보이는 상황에 책잡힐 일은 하지 않는 것이 좋았다.

그때, 누군가 대한의 등을 톡톡 두드렸다.

"중위 김대한?"

대한이 조용히 관등성명을 대자 중령 하나가 작은 수첩을 내밀었다.

"사단장님 부관이냐? 개념 있는 놈이 수첩을 놔두고 오면 어떻게 해?"

"아, 괜찮습니다."

"괜찮기는 사단장님께서 메모하는 걸 얼마나 중요하게 생각하시는데 얼른 받아 적어. 괜히 사단장님 심기 거스르지 말고."

호오…….

교육에 집중해도 모자랄 판에 이런 거나 보고 있다고?

'저 부대에 한번 방문을 해 봐야겠구만.'

상황 파악이 안 되나?

교육에 집중할 것이지 나를 아니꼽게 봐?

대한이 조용히 한숨을 쉬고는 수첩을 받아 들었다.

그리고 수첩에 그의 관등성명을 적기 시작했다.

"지금 뭐…… 내 관등성명은 왜 적어?"

"제가 메모할 건 이런 것밖에 없습니다. 교육에 집중하십쇼."

이미 몇 부분을 놓친 상황이었다.

과연 그는 침투를 허용하지 않을 수 있을까?

'이번엔 더 최선을 다해야지.'

이왕이면 새로운 과제를 줄 생각이었다.

대한이 수첩을 손에 들고 대대장의 교육에 집중했다.

교육의 주된 내용으로는 동초 근무를 부활시키고 주요 경계 시설에는 경계 인원을 더 많이 편성한다는 것이었다.

이는 병사들에게 부담을 가중시키는 일이었기에 차츰차츰 줄여 왔던 것이었다.

하지만 대한이 생각하기에 이게 최소한의 경계였다.

이 정도는 있어야 대한 같은 사람의 침투를 막을 수 있었으니까.

대한이 뒤를 돌아 지휘관들의 표정을 살폈다.

'다들 의문이 가득한 표정들이구만.'

뭔가 말을 하고 싶은 모양이었지만 육준엽이 가만히 교육을 지켜보고 있는데 함부로 흐름을 끊을 용자는 없었다.

이내 경계 시범식 교육이 끝이 났고 육준엽이 조용히 한숨을 내쉬며 대대장에게 물었다.

"이 인원들 모두 앉을 만한 곳이 있나?"

"다목적실에 자리를 만들겠습니다. 잠시만 기다려 주십쇼."

"됐어. 의자만 있으면 되니까 안내만 해라."

"예, 알겠습니다."

혼내지도 않고 칭찬하지도 않았다.

대대장은 그런 육준엽의 반응에 교육을 하기 전보다 더 긴장한 채로 그를 다목적실로 안내했다.

대대장이 의자를 하나 빼서 육준엽의 자리를 만들자 나머지 지휘관들이 알아서 육준엽의 앞에 정렬했다.

대한은 앉을까 말까 고민하다가 맨 뒤에 서 있는 것을 선택했다.

육준엽은 지휘관들의 얼굴을 살피고는 천천히 입을 열었다.

"오늘 교육에 대해 어떻게 생각하나. 할 말 있는 사람은 편하게 이야기해 봐라."

여기서 과연 누가 손을 들까?

대한은 조금 전 본인에게 수첩을 건넨 중령이 손을 든다면 그를 한번 봐줄 생각이었다.

하지만 예상대로 아무도 손을 들지 않았고 육준엽의 기분은 급속도로 나빠지기 시작했다.

"비효율적이라고 했던 근무 방식을 다시 부활시키는데 할 말 있는 사람이 없어?"

"……."

대한은 지휘관들의 침묵에 속으로 고개를 내저었다.

'우리 대대장이었으면 바로 손 들었을 텐데.'

이런 걸 대대장 차이라고 하는 건가?

육준엽이 깊은 한숨을 내쉬며 말했다.

"하, 경계에 대해서 깊게 고민하지 않았으니 말이 없는 거겠지."

"……죄송합니다."

"자네가 54연대장이었나."

"예, 그렇습니다."

"얕은 고민도 좋으니 이야기 해 봐. 어떻게 생각해."

54연대장은 잠시 고민하더니 이내 입을 열었다.

"일단 이렇게 투입하면 경계가 더 견고해진다는 건 부정할 수 없습니다. 하지만 이 같은 경계 방식은 현재 부대 상황에 맞지 않습니다."

"부대 병력이 부족해서?"

"예, 그렇습니다. 근무 강도가 급격히 올라갈 것이고 이에 따라 병사들의 피로도가 증가할 것으로 생각됩니다. 그리고 가장 큰 문제는 시간이 좀 더 지나면 아예 불가능한 방법이 될 수도 있을 거라 생각합니다."

맞는 말이었다.

몇 년만 지나도 입영자 수가 급격하게 떨어지니까.

어떤 방법을 써도 기존의 병력 숫자를 메꿀 수 없었다.

'인구가 그만큼 없는 걸 어쩌나.'

이건 갑자기 일어난 일이 아니었다.

언젠간 일어날 일이었고 출생자 숫자만 확인해도 알 수 있는 일이었다.

그에 대한 대비가 늦었기에 이렇게 된 것.

육준엽도 54연대장의 말에 공감을 했다.

"내 생각도 같다. 근데 이런 생각을 하고 있으면서 왜 말을 안 해? 아까 말 하라고 했잖아."

"······의중을 헤아리기 힘들어 고민하고 있었습니다."

"의중은 씨······! 내가 사기꾼이야? 그냥 말하라는 건데 뭐가 의중이야? 어휴, 진짜······."

"······죄송합니다."

육준엽은 고개 숙인 지휘관들을 보며 답답해하는 것도 잠시 대한을 바라보며 말했다.

"김 중위, 이리 와 봐."

어, 갑자기요?

그 말의 모두의 시선이 대한에게로 모였다.

그쪽으로 오라고?

십여 명의 지휘관의 앞에 서란 말이야?

대한은 갑작스러운 호출이 상당히 부담스러웠지만 그렇다고 내뺄 순 없는 노릇.

대한이 씩씩하게 관등성명을 대며 튀어나갔다.

"중위 김대한!"

육준엽은 대한이 본인의 옆으로 오자 지휘관들을 향해 말했다.

"이 경계 방식을 제안한 중위다. 김 중위가 왜 이 제안을 했는지 듣고 반성할 부분 반성하고 적용시켜야 할 부분은 최대한 빠르게 적용시켜라."

"예, 알겠습니다!"

육준엽의 말로 인해 대한의 계급이 중위에서 소장으로 바뀐

것 같았다.

대한은 육준엽을 한번 바라보고는 숨을 골랐다.

'이번에는 좀 긴장되긴 하네.'

수백 명의 병사들은 괜찮다.

하지만 이렇게 많은 지휘관들 앞에 서는 건 처음이라 좀 떨렸다.

아마 사단장이 되기 전까지는 이런 상황이 좀처럼 없을 터.

그래서 그냥 발전의 기회라고 생각하기로 했다.

대한이 자세를 바로한 뒤 입을 열었다.

"일단 경계 방식을 바꾼 이유는 경계가 안 되기 때문입니다."

경계를 서는데 경계가 안 된다니.

지휘관들은 대한의 첫 마디를 듣고는 다들 표정이 변했다.

아마 중위라는 계급부터 시작해서 이해할 수 없는 말을 하는 것까지.

다 마음에 안 들 것이다.

그저 운 좋게 사단장과 인연이 생겨 군인 놀이를 하는 것 정도로 생각하겠지.

그들의 표정을 살핀 대한이 육준엽에게 물었다.

"제가 여기에 온 이유를 말해도 되겠습니까?"

"네가 하고 싶은 대로 해라."

"감사합니다. 22사단 소속도 아닌 제가 여기에 온 이유는 예하부대에 침투를 하기 위해서입니다."

침투라니?

군 생활 동안 듣도 보도 못한 일을 하러 온 것에 지휘관들이 살짝 놀란 듯했다.

하지만 아직 놀라긴 일렀다.

"결론부터 말씀드리자면 침투는 완벽하게 성공했습니다. 침투 과정으로는 철조망을 넘어 탄약고 근무자들을 제압하고 총기를 탈취했습니다. 그리고 막사 앞 경계 근무자를 밖으로 유인해 조용히 막사로 진입했고 곧장 지휘 통제실에 총구를 들이밀어 상황을 마무리했습니다."

대한의 침투 과정을 들은 지휘관들은 모두 당황할 수밖에 없었다.

그도 그럴 것이 장비나 무기 하나 없이 경계를 뚫은 것이었으니까.

그때, 육준엽에게 손 한 번 들지 못하던 지휘관들 중 하나가 손을 번쩍 들었다.

그는 바로 대한도 안면을 튼 인물로 대한에게 수첩을 들이밀었던 중령이었다.

"철조망은 어떻게 넘은 거지? 누군가 도와준 것인가?"

"단독으로 뚫었는지 여럿이서 합심해서 뚫었는지 궁금하신 겁니까? 당연히 혼자 뚫었습니다. 그리고 지금 철조망을 넘는 방법을 물어보시는 겁니까?"

"그렇다. 그게 넘기 쉬운 것이 아닌데?"

"그냥 날카로운 철사이지 않습니까. 그냥 윗옷 하나 던져 놓고 기어 올라갔습니다. 담 넘는 것만큼이나 쉬운 일입니다. 그러니 철조망은 적의 침입을 막는다는 용도이기보다 침입이나 도주를 지연시킨다고 보는 것이 맞을 것 같습니다."

"그래도 그걸 울타리에 괜히 설치한 게 아닌데……."

"평범한 사람이라면 철조망을 보고 오지 말라는 거구나 생각하겠지만 침투를 마음먹은 사람이라면 철조망을 다르게 생각할 겁니다. 저기로 넘어가면 경계가 허술하겠구나가 맞지 않겠습니까?"

대한의 말에 지휘관들은 입을 다물었다.

그들의 군 생활도 짧지 않았기에 대한의 말에 공감할 수밖에 없었다.

질문을 한 중령이 다시 물었다.

"근무자는 어떻게 한 건가. CCTV병이 확인을 못 한 거라면 방식을 변화할 필요 없이 근무자들만 조금 더 늘려서 실수가 없도록 하면 되지 않나?"

"부대 내에 CCTV가 어딜 비추는지 설명가능하십니까?"

"정확하게는 아니지만 근무자들 주위로는 다 비추고 있지."

"그럼 다행입니다만 제가 침투를 한 부대에는 CCTV에 걸리지 않는 사각지대가 있었습니다. 그것을 유심히 살펴 확인한 뒤 경계 초소로 올랐습니다."

"초소에 근무자들은 어떻게 제압했지?"

"그냥 이미 제압되어 있었습니다."

"그게 무슨 소리야?"

"숙면을 취하느라 총을 뺏기는 줄도 몰랐습니다."

대한의 말에 중령을 비롯한 지휘관들이 모두 인상을 썼다.

굳이 찾지 않더라도 침투를 당한 부대를 다 아는 듯했다.

바로 이 교육을 시작한 1대대.

대대장은 육준엽과 지휘관들의 눈치를 보며 구석으로 기어 들어갔다.

대한이 대대장을 위해 입을 열었다.

"여기 계신 지휘관분들의 부대는 근무자들을 완벽히 믿고 계십니까?"

"당연하지. 부대 관리에 얼마나 신경을 쓰는데."

"훈련이 끝나고 피곤한 상황에서도 완벽하게 설 수 있다. 그 말씀 하시는 거 맞습니까?"

"……그렇지?"

"일단 알겠습니다."

그렇다 이거지?

원래는 질문한 게 기특해서 봐주려고 했다.

근데 사람 심리가 그렇다고 저렇게 자신 있어 하는 모습을 보니 나쁜 마음이 들기 시작했다.

'저쪽 부대도 한번 시원하게 침투해 드려야겠네.'

대한이 미소를 지으며 말을 이었다.

"제가 지휘관을 해 본 적이 없어 여기 계신 분들의 마음을 잘 모르겠습니다만…… 근무자들을 너무 믿지는 마십쇼."

대한의 말에 침묵하고 있던 육준엽이 입을 열었다.

"부하들을 믿지 말라. 그 말이냐?"

"예, 그렇습니다."

군인이 부하를 믿지 말라니.

그럼 누굴 믿으란 말인가?

다목적실에 모인 지휘관들이 대한의 말에 의문을 표하기 시작했다.

대한이 지휘관들의 반응을 보고는 고개를 끄덕였다.

'그래, 이상하겠지.'

상급자가 하급자를 믿는 건 당연했다.

그런데 그 당연한 걸 다들 잘 실천하느냐?

절대 아니었다.

대한이 지휘관들에게 물었다.

"다들 이해하지 못하겠다는 표정들이신데…… 그럼 질문 하나만 하겠습니다. 여기 계신 분들 중 병사들에게 알아서 작업 가라고 한 뒤에 확인 안 할 자신 있으십니까?"

"……."

있을 리가 없다.

물론 어느 정도는 믿겠지만 윗사람이 모든 책임을 져야 하는 한 완전히 믿을 수가 없는 구조였다.

지휘관들은 할 말이 많은 표정이었지만 누구 하나 쉽게 입을 열지 못했다.

　대한의 말에 반박을 할 수가 없었으니까.

　대한이 지휘관들을 찬찬히 둘러보며 말했다.

　"부하들이 지휘관분들에게 믿어 달라고 한 적 없을 겁니다. 믿어 달라고 하는 것 자체가 이상한 겁니다. 병사들은 저희와는 달리 의무 복무 기간을 억지로 채우고 있는 이들이잖습니까?"

　그때, 대한에게 수첩을 건넨 중령이 입을 열었다.

　"그래서 하고 싶은 말이 뭔가?"

　"여기 계신 지휘관분들이 인상을 쓰시면 안 된다는 말씀을 드리고 싶었습니다."

　"내 밑에 있는 병사에게 임무를 부여했는데 제대로 수행하지 못했다. 그런데 인상도 못 쓰나?"

　"쓸 수 있죠. 근데 대상이 병사를 향하지 말자는 겁니다."

　"왜지?"

　"병사들이 낮에 취침하고 밤에 근무 섭니까?"

　"……응?"

　"당직 근무 들어갔을 때 한 번도 졸지 않았다 하시는 분 거수 해 주십쇼."

　이번 질문에도 손을 드는 지휘관은 없었다.

　대한이 육준엽에게 물었다.

　"사단장님께서는 조신 적 있으십니까?"

육준엽은 대한의 말을 들을수록 미소를 짓고 있었다.

'이 양반이랑 진짜 잘 맞네.'

박희재와 이원영 다음으로 잘 맞는 양반이라 확신했다.

육준엽이 피식 웃으며 답했다.

"그걸 어떻게 뜬 눈으로 버티나? 그게 사람이야?"

대한이 육준엽에게 눈빛을 보냈고 육준엽이 고개를 끄덕이며 대한을 응원했다.

"어쩔 수 없는 겁니다. 근무자들은 심지어 자다 일어나서 근무 가지 않습니까? 아직 잠에 취해 있을 텐데 지휘관분들이 뭐라고 하시면 안 된다고 생각합니다."

그러자 이제껏 입을 꾹 닫고 있던 대령 하나가 대한을 노려보며 말했다.

"그럼 우리가 병사들한테 시킬 수 있는 게 뭔가? 지휘관이라고 달아 놓은 견장도 떼어 가지 그러나?"

"지휘관이 해야 할 일을 해야죠."

"도대체 뭘 할 수가 있는데."

"근무자들이 존다고 해도 완벽한 경계가 될 수 있도록 만드셔야죠."

돌고 돌았지만 대한이 하고 싶은 말은 이것이었다.

'가만히 있었으면서 뭔 불만을 가져?'

육준엽이 미소를 지으며 고개를 끄덕였다.

사단장으로서 매번 하고 싶었던 말이지만 그가 지시한다면 밑에서는 어떻게든 보고하기 위해 무리수를 던질 터.

그건 전혀 도움이 되지 않았다.

하지만 계급이 낮은 대한이 이야기를 한다?

지휘관들도 충격을 받을 것이다.

거기다 육준엽이 보고하라는 소리도 한 적이 없다.

충분히 고민하고 제대로 된 결과물을 내비칠 기회를 준 것.

대한이 침묵하는 지휘관들을 향해 다시 입을 열었다.

"앞서 근무자들을 믿지 말라고 말씀드렸었는데 병사들에게 희망이나 기대 뭐 그런 것들에 기대서 그냥 손 놓고만 있지 말고 애초부터 내가 안 하면 아무것도 안 된다고 생각하셔야 합니다."

대한의 말이 끝나자 지휘관들은 생각에 잠긴 듯 바닥을 바라보고 있었다.

육준엽이 분위기를 살피고는 박수를 치기 시작했다.

그러자 지휘관들이 육준엽을 따라 박수를 치기 시작했고 이윽고 진심으로 대한을 바라보며 박수를 쳐 주었다.

대한은 가볍게 목례를 몇 번 하고는 자세를 다잡았다.

그러고는 육준엽을 비롯한 지휘관들에게 경례를 했다.

"충! 성!"

육준엽이 고개를 끄덕이는 것으로 경례를 받아 주었다.

대한이 제식을 맞춰 원래 있던 자리로 돌아갔고 육준엽이 대한의 자리를 대신했다.

"사단장인 나도 반성하게 되는 말들이었다. 경계를 굳이 이 부대에서 교육한 것처럼 안 해도 좋다. 각 부대에 맞게 적용시키되 뚫리지만 마라. 아, 그리고 난 우리 사단 지휘관들을 전적으로 믿는다. 하고 싶은 대로 해라 책임은 내가 진다. 이상. 경례는 생략하겠다."

지휘관들이 육준엽의 말에 절도 있게 자리에서 일어나 정리를 하기 시작했다.

그리고 다목적실을 나가기 전, 입구에 서 있던 대한을 향해 한 명도 빠짐없이 다가왔다.

그중 가장 먼저 온 대령이 대한을 향해 오른손을 내밀었다.

"중위 김대한!"

"고생했다, 김 중위. 덕분에 초심을 찾은 것 같아."

"도움이 되셨다니 다행입니다."

"나중에 기회가 된다면 우리 부대에도 한 번 와 주게."

"전 불시 방문인데 괜찮으시겠습니까."

"실탄 장착할 생각을 하고 있어서 괜찮을 것 같네."

"어, 그럼 좀 곤란할 것 같은데……."

"장난이다. 병사들을 믿지 말라고 하지 않았나? 내가 최선을 다 해 봐야지. 지나가다 배고프다는 이유로 와도 환영해 줄 테니까 내 군 생활 하는 동안 꼭 다시 만나자."

"예, 알겠습니다. 조심히 돌아가십쇼!"

대령과의 인사를 마친 대한은 그의 뒤로 길게 줄을 선 지휘관들을 확인하고는 혀를 내둘렀다.

'무슨 팬 사인회 하는 것 같네.'

대한은 그들과 일일이 악수해 주었다.

그런데 기분이 나쁘지 않다.

다들 얻어 가는 게 많은 것 같아서.

'나도 의외의 수확이네.'

대대급 지휘관 10명, 여단급 지휘관 3명에게 도움을 주었고 그들이 대한을 기억했다.

이 중의 누군가는 훗날 장군이 될 터.

도움을 기대하는 건 아니지만 알고 있으면 좋지 않겠나.

'전화번호라도 받아 둘 걸 그랬나.'

군대에서는 인연이라면 다시 만날 수밖에 없다.

전국으로 돌아다녀야 하지만 잘나가는 군인들이 갈 곳은 정해져 있으니까.

'큰 부대에서 만나면 알은척 하겠지.'

능력 없어 보이게 이곳저곳 전화를 돌릴 스타일도 아니고 대한은 본인만의 길을 걸을 것이다.

모든 지휘관들과 악수를 마친 대한이 숨을 돌렸다.

육준엽은 다목적실 맨 앞에 앉아 대한을 흐뭇하게 바라보는 중이었다.

대한이 그에게 다가가 말했다.

"갑자기 부르셔서 놀랐습니다."

"전혀 놀란 것 같지 않던데?"

"하하, 그렇습니까? 그럼 다행입니다."

"그나저나 지휘관들 앞에서 날 까?"

"제가 말입니까?"

"어, 당직 설 때 좋았냐고 물었잖아."

"사단장님이 눈빛으로 사인 주시길래 허락해 주신 줄 알았습니다."

"그래도 근무 태만했다고 이야기하면 어떻게 하나?"

"하하, 죄송합니다. 제가 생각이 짧았던 것 같습니다."

"큭큭…… 너무 잘했다. 날 찍어서 이야기한 것도 아주 좋았고 지휘관들이 정신 차릴 수 있게끔 유도한 것 또한 아주 완벽했다."

"만족하셨다니 다행입니다."

"만족이 다일까 봐? 감사하다, 아주."

"하하, 아닙니다. 그 정도까지 큰일은 아니었던 것 같습니다."

"아니야, 이번 건은 내가 할 수 없는 일이었어. 내 일을 대신해 줬으니 나도 네 일을 하나 대신해 주고 싶은데…… 뭐 힘든 일 있나?"

대한은 그의 말에 고민하기도 잠시 곧장 휴대폰을 꺼내 저장된 번호 하나를 육준엽에게 들이밀었다.

"그럼 이것 좀 부탁드려도 되겠습니까?"

"……이렇게 바로 이야기 할 줄 알았으면 말 좀 생각해서 할 걸 그랬다. 그나저나 이게 뭔데? 포항경찰서장 권승준?"

"이제부터 22사단의 경계를 위해 사단장님이 하셔야 할 일입니다."

"이거 원래 네가 할 일이었냐?"

"그건 아닌데 힘든 일 중에 하나입니다."

"이분이랑 뭘 해야 하는데?"

"해양 경계를 해경에게 맡기시면 됩니다."

"……뭐?"

대한의 말에 육준엽의 미간이 좁아지기 시작했다.

대한이 육준엽에게 생각했던 계획을 말하기 시작했다.

"22사단이 별들의 무덤이라 불리는 이유 중 하나가 담당하는 구역이 너무 넓다는 것이지 않습니까?"

"그렇지."

"예, 근데 넓다고 병사를 많이 주냐? 그것도 아닙니다. 그렇기에 가용할 수 있는 병력을 최대한으로 활용해야 한다고 생각했고 제가 생각하기엔 해안 경계 병력을 빼고 육지 경계에 더 집중을 하는 것이 좋을 것 같습니다."

"해경이라…… 그쪽에서 사단의 해안 경계 구역을 다 맡아 줄 수 있을지 모르겠네. 거기도 인원이 부족해서 못 돕는 것으로 알고 있는데."

"해경이 많이 뽑아 주기만 한다면 인원을 보충할 수 있지 않겠습니까?"

"과연 그게 될까?"

육준엽이 대한을 향해 의문을 표했다.

그러자 대한 또한 육준엽에게 의문을 표했다.

"모릅니다."

"근데 왜 말을 꺼낸 거냐?"

"제가 힘든 일 중에 하나라고 말씀드렸지 않습니까. 이제 사단장님이 힘 좀 써 주십쇼."

"아, 그래서 내가 할 일이라고 했던 거구나. 하하, 재밌는 놈. 알겠다. 이 사람한테 연락해 보면 된다는 거지?"

"예, 그렇습니다."

육준엽이 대한의 휴대폰에 있는 번호를 받아 적은 후 대한에게 물었다.

"네가 생각하기에는 언제? 가능할 것 같냐?"

"확률은 낮다고 생각합니다."

"얼마나 낮다고 보는데."

"총알을 두 발 쐈는데 구멍이 하나일 확률 정도 되지 않겠습니까?"

"……그런 거면 다른 곳에 쏜 거 아니냐?"

"그 확률도 있겠지만 제가 말씀드리는 건 같은 곳을 지나갈 확률입니다."

"흠……."

육준엽은 진심으로 시도해 볼 생각인지 깊게 고민하기 시작했다.

대한은 그가 고민을 시작하자 미소를 지을 수밖에 없었다.

'위에서 이렇게 해 주면 어떻게든 결과가 나오겠지.'

아무것도 하지 않으면 아무 일도 일어나지 않는다.

하지만 뭐라도 한다면 뭐라도 만들어지는 것.

이제 시작한 일에 거창한 결과를 기대하는 것 자체가 웃긴 일이었다.

작은 결과라도 얻는 것이 목표였고 육준엽도 대한과 생각이 같은 것 같았다.

"내가 사단장 하는 동안 얼마나 될진 모르겠지만 일단 한번 해 봐야겠군."

"좋은 생각이십니다."

"그치? 군단장을 22사단 근처에서 하면 되잖아. 그럼 그때는 뭔가 완성이 되어 있겠지."

군단장이라…….

하긴, 다른 사람도 아니고 육준엽은 가능성이 있어 보였다.

그는 무려 22사단장이었으니까.

'북한과 가깝고 수시로 미확인 배가 발견되는 별들의 무덤에서 살아 돌아온 자라면 충분히 성장 가능성이 있지.'

대한이 미소를 지으며 말했다.

"강한 군대를 만들어 주셨으면 합니다."

"너는 발 빼려고?"

"제 발이 들어갈 자리가 있겠습니까?"

"발뿐이겠냐. 침대도 세팅해 주마. 어차피 자리야 내가 만들면 되는 거잖아."

와우.

이런 자리를 또 거절할 순 없지.

이건 대한이 언젠가 하고 싶었던 일이기도 했다.

대한이 육준엽의 제안을 흔쾌히 수락했다.

"불러만 주시면 언제든지 오겠습니다."

"든든하다."

육준엽이 대한의 어깨를 세게 두드렸다.

살짝 아프긴 했지만 그만큼 좋아서 그런 거겠지.

대한이 미소를 짓자 육준엽이 물었다.

"언제 내려갈 거냐?"

"한 이틀 뒤에 부대 하나만 더 들렀다가 가려고 합니다."

"뭐, 또 침투라도 하려고?"

"예, 그렇습니다."

"음…… 아까 2대대장?"

"하하, 예. 맞습니다."

"이야, 그건 너무 감정적인 거 아니냐?"

"자신 있게 말하시길래 테스트를 해 보고 싶은 것뿐입니다. 아마 잘하고 계실 겁니다."

"하긴, 그놈 보니까 나도 궁금하긴 하더구나."

"끝나자마자 바로 보고드리겠습니다."

"그래, 기다리마. 식사나 같이하러 가지?"

"예, 좋습니다."

육준엽과 식사를 마친 대한은 그가 마련해 준 숙소로 이동했다.

그로부터 하루 동안 주변 맛집을 돌아다니며 제대로 휴가를 즐겼다.

방에 돌아와 휴식을 취하고 일어나 시간을 확인했다.

현재 시각 03시.

대한은 차에 올라타 수첩에 적힌 주소를 네비에 찍었다.

'자, 슬슬 수첩 딜리버리 갑니다.'

대한이 목표로 한 2대대는 1대대와 마찬가지로 한적한 곳에 위치해 있었다.

그렇기에 이번에도 근무자들이 조는 걸 기대할 수가 없었다.

이런 곳은 너무 조용해서 멀리서 나는 소리도 다 들리기 마련이었으니까.

그래서 이번엔 조금 클래식한 방법을 써먹기로 했다.

대한은 당당하게 위병소 앞에 차를 세웠다.

그러자 위병소에서 불을 켜 대한의 차를 비추었고 이내 대한이 차에서 내렸다.

근무자가 대한에게 말했다.

"정지. 정지. 움직이면 쏜다. 사슴."

답어를 알 리가 있나.

전화해서 물어보는 것 자체가 보안 위반인데.

하지만 상관없다.

이번 전술은 유구한 전통을 자랑하는 클래식한 방법이었으
니까.

대한이 당당하게 말했다.

"암구호 미숙지."

"누구냐?"

"인사과장."

"용무는?"

"복귀."

"……신원 확인을 위해 3보 앞으로."

근무자가 대한을 의심하는 것 같았다.

당연했다.

검은색 옷을 입고 모자도 푹 눌러 쓴 상태였으니까.

그리고 본인의 대대 인사과장을 잘 모르진 않을 것이다.

대한이 성큼성큼 다가가며 짜증스러운 어투로 말했다.

"야, 너는 인사과장도 못 알아보냐?"

의심하지 않도록 먼저 근무자들에게 압박을 주었다.

그러자 근무자가 당황한 목소리로 답했다.

"아, 죄송합니다! 사복을 입고 계셔서 헷갈렸습니다."

"피곤한데 대충 좀 하자. 얼른 열어 줘."

"아, 예. 알겠습니다. 야. 얼른 열어 드려라."

대한의 압박에 근무자가 얼른 철문을 열어 준다.

오, 이게 되네?

역시는 역시다.

대한은 터져 나오려는 웃음을 감추며 차에 탑승했고 그대로 위병소를 통과했다.

'근무자들한테는 좀 미안하지만 이런 구멍이 생긴 건 전부 다 가라로 통과하는 간부들 때문 아니겠어?'

대한의 차가 통과한 후였다.

얼마 뒤, 위병조장이 근무자들에게 물었다.

"……근데 인사과장님이라고?"

"예, 그렇습니다."

위병조장은 출입 기록을 확인하고는 고개를 갸웃했다.

"이상하다? 인사과장님은 나간 적이 없는데?"

"나갈 때 기록하지 말라고 하신 거 아닙니까?"

"아, 그런가? 메모도 없는데…… 씁, 복귀해서 전번 근무자한테 물어봐야겠네."

"근데 인사과장님 차 있으셨습니까?"

"응?"

"차 없었던 거 같은데……."

"눈치 보다가 이제 샀겠지."

"오…… 확실히 눈치 볼 만한 걸로 사신 것 같습니다. 첫 차로 외제차라니."

그들은 방금 들어간 차가 외부인일 거라는 생각은 조금도 하지 않았다.

의심하기엔 대한의 행동이 너무나도 자연스러웠으니까.

위병소를 가볍게 지나온 대한은 그대로 막사로 향했다.

이후 차를 막사 입구에 세운 뒤 그대로 불침번에게 다가갔다.

"충성!"

"어, 고생해라."

야간에 이렇게 당당하게 돌아다니는데 병사들이 어떻게 대한을 막아서겠나.

불침번은 본인이 모르는 간부 중 하나라 생각하고는 그대로 대한을 막사로 출입시켰다.

대대 막사에 아무런 고생 없이 들어온 대한이 가장 먼저 찾은 건 대대장실이었다.

'문 잠겨 있으려나.'

사무실은 간부가 퇴근하고 나면 반드시 문을 잠가야 했다.

막사에서 지내는 병사들이 사무실에 들어가 봐선 안 되는 자료들을 보거나 다른 사고를 칠 수도 있었으니까.

하지만 대한은 별로 걱정하지 않았다.

'잠겨 있으면 그냥 열어 달라고 하지 뭐.'

위병소 문도 열어 줬는데 사무실 문이라고 못 열어 줄까?

그런데 이게 웬걸.

대대장실 앞에 도착한 대한이 문고리를 돌리자 저항 없이 문이 열렸다.

대한이 씨익 웃으며 대대장실로 들어갔고 불을 모두 켠 뒤 대대장 자리에 앉아 셀카를 찍었다.

그리고 대대장 책상 위에 낮에 받은 수첩을 내려놓은 뒤 간단한 편지를 남기고 그대로 대대장실을 빠져나왔다.

불침번이 대대장실에서 나오는 대한을 보고 물었다.

"대대장님실에 뭐 놔두고 오셨습니까?"

"어, 수첩 놔두고 왔는데."

"아, 그래서 찾으러 오신 거구나. 알겠습니다. 바로 나가십니까?"

"어, 가서 내일 출근 준비해야지."

뭔가 대화가 이상한 것 같았지만 불침번이 의문을 표하지 않는 걸 보니 어떻게 잘 알아들은 것 같았다.

대한은 불침번의 어깨를 토닥여 주며 격려해 준 뒤 그대로 차에 시동을 걸었다.

그리고 다시 위병소로 향했다.

"인사과장 퇴근."

"……퇴근 말씀이십니까?"

"어, 할 일 다 했어."

"아…… 이번에는 기록 남깁니까?"

"기록? 어, 뭐…… 아니. 남기지 마."

"예, 알겠습니다. 고생하셨습니다."

"그래, 고생해라."

"아, 그리고 차 산 거 축하드립니다."

"어, 고마워."

대한은 그대로 위병소를 빠져나왔다.

그리고 대한이 사라지자 근무자가 위병조장에게 말했다.

"차 새로 산 거고 기록 일부러 남기지 말라고 한 거 맞습니다."

"아, 그래? 근데 또 어디 가시는데?"

"퇴근하신다고 말씀하셨습니다."

"……퇴근? 어디로?"

"숙소 가시는 거 아닙니까?"

"뭔 소리야. 간부들 영내 숙소에 있는데."

"어, 그러네?"

위병조장이 잠시 고민을 하더니 이내 박수를 치며 말했다.

"밖에 숙소 잡았나 보네. 간부 숙소 존나 구리잖아."

"역시……. 김 상병님은 헌병에 가셨어야 합니다. 추리력이 정말……."

"에휴, 어쩌겠냐. 국가를 위해 일하기엔 사회가 나를 가만히 놔두질 않는다."

위병조장과 위병 근무자는 대한이 부대에 들어오고 나갔던 사실에 한 치의 의심도 하지 않았다.

✳

몇 시간 뒤 아침.

대한은 대대에서 나와 그대로 공병단으로 복귀했다.

숙소에서 샤워를 마친 대한이 육준엽에게 사진을 하나 보냈다.

바로 대대장실에서 찍은 인증샷.

문자를 확인한 육준엽이 전화를 걸어왔다.

"충성!"

−이게 뭐냐?

"성 중령네 부대 대대장실입니다."

−야간에 여기까지 들어갔다고?

"예, 그렇습니다."

−하, 네가 직접 돌아다녀서 빈틈을 찾은 건 아주 좋다만 막상 가는 족족 뚫려 버리니 기분이 마냥 좋지만은 않구나.

그렇겠지.

훈계 들은 지 며칠도 안 돼서 또 뚫렸는데.

물론 아직 준비가 미흡하긴 하다만 그래도 마음이 답답한 건 어쩔 수가 없었다.

대한도 육준엽의 마음을 이해할 수 있었기에 그를 위로했다.

"운이 좋았습니다. 이제는 빈틈이 어딘지 정확히 알지 않겠습니까. 잘 메꿀 거라 생각합니다."

─그래, 그래야지. 안 그러면 군복 벗어야 할 테니까.

육준엽만 벗어야 하는 것이 아니었다.

아직 군 생활이 많이 남아 있는 예하 부대 지휘관들도 책임에서 벗어나기 힘들었다.

육준엽이 연거푸 한숨을 내쉬며 말했다.

─일단 시간을 좀 줘야겠네. 그나저나 부대로 복귀한 거냐?

"예, 좀 전에 복귀해서 샤워까지 마쳤습니다."

─고생 많았다. 이 대령한테는 따로 말해 놓을 테니까 며칠 푹 쉬거라.

"아닙니다. 쉬는 건 위에서도 푹 쉬다가 왔습니다. 며칠 뒤에 부대운영진단 팀이 부대 방문 예정이라 이제 그만 일 하러 올라가 보겠습니다."

─하하, 바쁘구나? 그래, 고생하거라.

"예, 감사합니다. 충성!"

대한은 육준엽과 통화를 마치고 전투복으로 환복한 뒤 출근을 했다.

⁂

그 시각, 성우현 중령은 즐겁게 출근해 대대장실의 문을 열었다.

그리고 의자에 앉아 금일 업무를 파악하기 위해 컴퓨터를 켰다.

그때, 눈에 들어온 수첩 하나.

시범식 교육을 들을 때 대한에게 줬던 수첩이었다.

'이걸 내가 또 사 놨던가?'

성우현이 수첩을 집어 한 장을 넘겨보았고 무언가 적혀 있다는 것을 확인했다.

"대대장실이 이쁜 걸 보니 사단장님이 자주 방문하셔도 될 것 같습니다……?"

대한이 남기고 간 편지였다.

성우현은 이 수첩이 본인의 책상에 있다는 사실에 사고가 정지되었다.

"이, 이게 왜……."

그때, 성우현의 휴대폰에 문자가 한 통 도착했다.

–잘하자, 성 중령. 난 자네를 믿네.

대한의 인증샷을 받은 육준엽의 문자였다.

성우현은 자리에서 벌떡 일어나며 외쳤다.

"어, 어제 근무자들 다 데려와!"

✖

대한은 본인이 없던 사이에 왔던 각종 공문들을 확인하고는 그대로 단장실로 향했다.

이원영은 대한을 반갑게 맞이했다.

"잘 다녀왔냐?"

"예, 그렇습니다."

"하하, 그래. 일단 앉아라."

이원영이 차를 준비해 대한에게 건네며 말했다.

"22사단에서 지휘관들 모아다 놓고 눈앞에서 대놓고 갈궜다며?"

"하하, 갈군 건 아니고 그냥 조금…… 근데 어떻게 아셨습니까?"

"그중에 하나가 내 동기야. 너랑 악수도 하고 나왔다던데?"

그렇군.

이럴 때 보면 군대 참 좁아.

대한이 피식 웃으며 말했다.

"동기분이 계신 줄 알았으면 조금 조심해서 말할 걸 그랬습니다."

"아냐, 아냐. 겨우 그런 거에 기분 나빠 할 만큼 속 좁은 놈은 아니야. 너한테 고맙다고 전해 달라더라. 덕분에 미흡한 점 많이 찾았다고."

"그렇다면 다행인 것 같습니다."

앞으로 사단의 경계가 허무하게 뚫리는 경우는 없을 것 같았다.

대한은 이원영에게 사단에서 있었던 일들을 간략히 보고한 후 그대로 대대로 복귀했다.

그리고 박희재에게 인사를 한 후 바로 정작과로 향했다.

여진수가 대한을 보고 손을 흔들었다.

"어, 복귀했냐?"

"충성! 잘 지내셨습니까, 과장님."

"아니."

"왜 못 지내셨습니까?"

"왜 못 지내겠냐."

농담인 줄 알았는데 얼굴이 죽상이다.

가까이 다가가서 책상을 보니 왜 그런지 대번에 파악이 됐다.

"진단 준비 중이십니까."

"어, 이것저것 확인하는데 머리 아파 죽겠다."

"정리 덜 끝내셨습니까?"

"뭐, 정작과? 정작과는 당연히 끝냈지."

"근데 왜 그러십니까?"

"군수과랑 중대장들 확인하는 중인데 군수과가 큰일이야."

군수과라는 말에 대한이 긴장하며 말했다.

"혹시 예산 누락한 거나 안 맞는 거 있습니까?"

"어, 그거 2개 다 있다."

"와……."

이건 대형 사고인데?

대한은 잠시 입을 벌리던 끝에 여진수에게 조심스레 물었다.

"……담배 피우셨습니까?"

"휴…… 아니. 나가자."

여진수가 자리에서 일어났고 대한과 함께 흡연장으로 이동했다.

그러다 군수과 앞을 지날 때쯤 군수과장도 같이 갈지 물어보려던 그때 군수과 안에서 엄청난 소리가 들려왔다.

콰아아앙!

뭔가 던져서는 안 되는 무언가를 던진 것 같았고 뒤이어 군수과장이 소리를 질렀다.

"아아아악! 이거 왜 이러냐고!"

그 소리에 여진수가 가만히 한숨을 내쉬며 가던 길을 걸어갔고 대한 또한 입을 꾹 다물고 그를 따랐다.

이내 흡연장에 도착해 여진수가 담배에 불을 붙이며 말했다.

"3일 남았는데 이걸 어떻게 해야 하나……."

"도움이 될진 모르겠지만 무슨 일인지 여쭤봐도 되겠습니까?"

"아니, 이번 건은 무조건 도움을 줘야 해. 인사과는 더 이상 준비할 거 없잖아?"

"아, 그건 그런데…… 일단 최선을 다 하겠습니다."

여진수가 담배 연기를 내뿜으며 말했다.

"부대 보수하라고 돈 나온 거 있다고 공문 내려왔는데 군수과장이 그걸 놓쳐서 예산을 못 쓸 상황이고 대대 물자들도 안 맞아."

"물자는 맞출 수 있지 않습니까."

"그래, 그건 야간에도 하면 하겠지. 근데 문제가 그게 아니란 걸 알잖아."

"……예. 혹시 보수하라고 내려온 게 얼마 정도입니까?"

"이천만 원."

"예?"

"네가 들은 게 맞다. 하, 그걸 어떻게 3일 만에 다 쓰냐고……."

2천만 원.

확실히 액수가 크다.

3일 만에 사용하는 건 좀처럼 힘들 만큼.

그 순간, 대한의 머릿속에 전생의 기억이 떠올랐다.

'뭐지? 내 기억에 군수과에 이런 문제는 없었던 걸로 기억하

는데?'

있었다면 인사과에 있었지.

확실히 기억했다.

첫 부대 운영 진단이기도 했고 인사과만 주야장천 털렸기에 기억하기 싫어도 기억이 났다.

기억을 더듬던 대한이 여진수에게 말했다.

"저한테 좋은 생각이 있습니다."

"……진짜냐? 기대한다?"

"예, 기대하셔도 됩니다."

대한의 말에 여진수가 함박웃음을 지으며 말했다.

"역시, 너밖에 없다. 네가 그 정도로 자신 있게 말하는 거면 기대할 필요도 없지. 바로 진행시켜!"

두 사람은 하이파이브를 한 뒤 나올 때와는 정반대의 표정으로 막사로 돌아갔다.

그리고 정작과로 복귀하자마자 대한을 자리에 앉히고는 물었다.

"그래서, 내가 뭐 해 주면 되냐?"

"공문 처리만 바로 해 주시면 됩니다."

"그건 어렵지 않다만 뭘 하려고? 부대에 노후된 곳도 없는데 정말 자신 있냐?"

노후화 된 곳이 없다고?

대한이 좀 황당한 표정을 지으며 여진수에게 물었다.

"너무 군대에 찌든 거 아니십니까? 군대서 노후화 안 된 곳 찾는 게 더 힘들지 않습니까?"

"아, 그런가? 흠흠, 아무튼 뭐 보수 하려고?"

대한이 여진수 옆에 있는 부대 지도를 가리키며 말했다.

"창고 보수할 겁니다."

"창고? 다른 건 몰라도 창고는 새것 아니냐?"

"물자창고랑 치장창고는 새것이지만 교보재 창고 2개가 많이 낡지 않았습니까."

"흠, 그래. 뭐 일단 써야 하는 돈이니 그렇게라도 써야지."

여진수는 살짝 아쉬운 듯 고개를 갸웃거렸다.

그 모습을 본 대한이 웃으며 물었다.

"아까우십니까?"

"그렇지. 작다면 작은 돈이지만 그렇게 큰돈이 배정되는 경우는 적으니까."

"부대도 곧 이동하시는데 부대에 대한 애정이 이렇게 넘치시다니. 역시 학사 1번은 다르십니다."

"야, 나도 대대장님 아니었으면 이렇게 까지 안 했어, 인마."

박희재가 여진수를 챙겨 준 만큼 여진수도 박희재를 위해 일할 생각인 듯했다.

'하여튼 챙겨 줄 맛 나는 양반이라니까.'

그래.

이런 게 군인들의 의리지.

대한이 씨익 웃으며 말했다.

"제가 대대장님 생각 안 하고 말씀드렸겠습니까. 걱정 마십쇼."

"이야…… 역시 빈틈 없구만?"

"하하, 군인이 빈틈을 보이면 안 되지 않습니까. 일단 창고 환경 개선으로 보수 잡고 업체 선정해 주시면 될 것 같습니다."

"환경 개선? 뭐 하게?"

"석면 제거할 겁니다."

"……석면?"

"예, 모르셨습니까?"

여진수가 진심으로 당황한 표정으로 답했다.

"어, 진짜 몰랐는데?"

당연히 모를 것이다.

그도 그럴 것이 전생에 여진수와 군수과장이 열심히 돌아다니며 겨우 찾아냈던 것이니까.

여진수가 대한에게 물었다.

"교보재 창고 내부를 제대로 살핀 적이 없어서 잘 모르겠는데 진짜야? 아직 부대에 그런 게 남아 있다고?"

"예, 부대 석면 함유 건축물 현황인가? 거기서 본 것 같았는데 전 과장님께서 만드신 줄 알았습니다."

"아니야, 내가 그런 거 만들었으면 바로 그거부터 고치자고 말했겠지."

"일단 군수과장한테 그거 관련해서 업체 찾아보라고 하면 될 것 같습니다. 진단 팀 왔을 때 공사라도 시작해 놓으면 되지 않겠습니까?"

"그렇지. 그리고 석면 함유 건축물을 제거하고 있다고 하면 칭찬까지 받겠는걸?"

여진수의 말대로였다.

전생에서 부대운영진단 팀이 여진수와 군수과장을 엄청 칭찬했었다.

경각심 부족으로 인해 관심이 사라졌던 석면 함유 건축물을 알아서 제거 하고 있으니 얼마나 이뻐 보이겠나.

만약 대한이 부대운영진단 팀에 있었더라면 칭찬 말고도 보상을 더 해 줬을 것 같았다.

미소를 되찾은 여진수가 자리에서 일어나며 말했다.

"후후, 군수과장 숨통 좀 틔워 줘야겠네."

"저도 같이 갑니까?"

"아니야, 이제 일 해결됐으니까 군수과장 혼내야 해. 넌 인사과 가서 쉬어라."

역시 여진수 스타일.

여진수는 급한 일부터 끝내고 난 뒤에 부하들을 혼내는 스타일이었다.

어쨌든 업무가 더 중요하니까.

'그나저나 인사과에 이어플러그가 있던가?'

대한은 정작과에 굴러다니는 이어플러그를 주워 귀에 꽂은 뒤 인사과로 복귀했다.

✳

그날 오후.

석면 제거를 위한 인력들이 부대 안으로 들어왔다.

군수과장을 제대로 잡았는지 일처리는 아주 빨랐다.

대한은 중대장과 행정보급관들에게 연락해 창고 근처로 병력들이 가지 못하게 하라고 전파했다.

그때, 여진수가 대한에게 다가와 말했다.

"대한아, 그래도 돈이 남는다."

"오, 남습니까?"

"어, 한 오백 정도?"

여진수가 대한을 간절하게 바라봤다.

그나저나 어이가 없네, 내가 무슨 마법의 소라고둥이야?

대한이 잠시 고민하고는 입을 열었다.

"테니스장 보수하는 게 어떻겠습니까?"

"우리 부대에 테니스 치는 사람 거의 없잖아. 단장님이랑 대대장님도 곧 다른 부대 가시는데 굳이 거기 할 필요가 있냐?"

"병사들도 치게 하면 되지 않습니까. 그리고 후임 단장님께서 테니스 좋아하실 수도 있으니 일단 다른 계획 없으면 거기에 돈 쓰는 것도 좋을 것 같습니다."

대한의 말에 여진수가 고개를 끄덕였다.

"흠, 그래. 다른 곳은 손 댈 곳 없긴 하니까."

"그리고 저는 남아 있지 않습니까. 단장님 모셔야 하는데 잘 보일 수 있게 도와주십쇼."

"하하, 맞네. 근데 너 혼자 심심해서 군 생활하겠냐?"

"좀 심심하긴 할 것 같은데…… 그래도 좋은 사람들이 들어오지 않겠습니까?"

"야, 내가 군 생활하면서 느끼는 건데 좋은 사람보다 일 잘하는 사람이랑 군 생활하는 게 더 좋아."

대한도 여진수의 말에 십분 공감했다.

'하긴 내가 지금 편하게 돌아다닐 수 있는 것도 나머지 사람들이 잘해 줘서 그런 거니까.'

그렇기에 지금 부대에 남은 간부들이 모두 떠난다면 많이 피곤해질 것 같긴 했다.

그래도 어쩌겠나.

이 또한 군대의 매력인 걸.

대한이 웃으며 말했다.

"제가 잘하니까 누가 와도 상관없긴 합니다."

"……아예 밥맛없어지기로 작정했냐?"

여진수가 고개를 내저으며 테니스장으로 향했고 대한이 그의 뒤를 따랐다.

이내 테니스장에 도착한 여진수가 대한에게 물었다.

"근데 여기서 뭘 보수해야 하나?"

"어…… 일단 관리병한테 물어보긴 해야 할 것 같습니다."

문제는 둘 다 테니스장 관련해서 아는 것이 없다는 것.

돈이 있으면 뭐 하나 뭘 사야 하는지 모르는데.

대한이 여진수에게 물었다.

"과장님은 영관급이신데 테니스장 잘 모르십니까?"

"야, 나도 이제 소령 달고 첫 보직으로 여기 온 거잖아. 내가 어떻게 알아."

대한이 조용히 한숨을 내쉬고는 말했다.

"관리병한테 필요한 게 뭔지 물어봐 놓겠습니다. 일단 보수 계획만 세워 두시죠."

"그래, 계획이 있다고 하면 문제없지. 그건 알아서 잘 준비해 보마."

이 정도 해 줬으면 거의 다 해 준 것과 마찬가지였다.

두 사람은 가벼운 마음으로 막사로 복귀했다.

✳

부대운영진단 당일.

대한이 인사과 책상에 쌓아 놓은 자료들을 마지막으로 확인 하자 남승수가 물었다.

"오늘 몇 시쯤 오시는지 알고 계십니까?"

"09시 정도에는 도착하시지 않겠습니까? 전파 받은 건 없습니다."

"후…… 빨리 끝났으면 좋겠네."

남승수가 팔짱을 낀 채 한숨을 푹 내쉬었다.

대한이 고개를 갸웃거리며 물었다.

"담당관님, 설마 긴장하신 겁니까?"

"긴장해야죠. 아는 분 오시는데."

"아, 진단 팀에 아는 분 계십니까?"

"예, 저 일 알려 주신 분이 거기 계신 것 같습니다."

"그럼 언제 오시나 여쭤봐 주시면 안 됩니까? 대대장님께도 보고드리면 좋을 것 같은데."

그 말에 남승수가 고개를 내저었다.

"안 됩니다."

"왜 안 됩니까?"

"그분 성질이 아주 더럽습니다."

아?

이건 또 무슨 소리야?

그러나 남승수는 진지했다.

정말이었다.

남승수가 세상 진지한 표정으로 말했다.

"절대 안 됩니다. 성질이 아주 더러운 분이거든요. 진단관으로 온다면 아주 칼을 갈고 올 겁니다. 그러니 괜히 흠잡힐 짓하면 피곤해질 것 같습니다."

전화 한 번에 흠이 잡히겠냐만은 다른 사람이 말하는 것도 아니고 무려 남승수의 말이었다.

'이 양반이 호들갑 떠는 캐릭터도 아니고 이러면 믿어야지.'

보통 군 생활 처음 시작할 때 만났던 사람과 비슷하게 군 생활을 한다는 말이 있다.

그러니 남승수를 보면 아마 그 양반도 일 하나는 기가 막히게 할 터.

아마 진단관의 정석을 보여 주고 갈 것 같았다.

그래서 더 궁금했다.

대한은 차분히 전생의 기억을 더듬어 보았다.

그런데 아무리 기억을 더듬어도 진단관의 얼굴이 떠오르지 않았다.

그리고 그땐 남승수도 없지 않았는가.

일단 인사 분야에서 미흡 사항은 없을 거라 확신했지만 그래도 모르는 일.

진단관이 미흡하다고 하면 미흡한 것이었으니까.

대한이 웃으며 답했다.

"준비 잘하지 않았습니까. 별일 없을 겁니다. 제가 최대한 빨리 보내 보겠습니다."

"제가 남한테 부탁하는 스타일은 아닌데 이번에는 좀 부탁드리겠습니다."

남승수가 부탁을 다 하다니.

대한이 엄지를 치켜들고는 막사 정문으로 향했다.

정문에는 박희재와 여진수가 진단 팀을 기다리는 중이었다.

"충성!"

"어, 왔냐. 곧 도착한다고 연락 왔다. 준비는 잘해 놨지?"

"예, 완벽하게 해 놨습니다."

"그래, 네가 잘했다면 잘했겠지. 진단 팀장은 걱정 마라 내가 알아서 구워삶아 볼 테니까."

"대대장님만 믿겠습니다."

말은 그렇게 했지만, 살짝 걱정되긴 했다.

박희재가 사회생활 잘하는 캐릭터는 아니었으니까.

특히 부대운영진단 팀의 팀장은 보통 대령이 맡고 있었다.

그것도 갓 진급한 대령이 맡는 것이 아니라 짬이 찰 만큼 찬 짬 대령이 맡는 자리.

'장군들이 동기거나 후배인 사람들이지.'

그래서 이런 자리에 앉히는 것이다.

다른 야전 부대의 대령 보직으로 보내면 해당 부대 지휘관이 매우 부담스러워하니까.

그래도 이 자리는 짬만 찼다고 아무나 다 갈 수 있는 건 아니었다.

'야전 경험이 풍부해야지.'

오랜 기간 군 생활하며 쌓은 경험들을 통해 부대들을 평가한다.

물론 부대에 방문하면 설렁설렁 돌아다니는 것이 대부분이지만 혹시나 마음에 안 드는 부분이 있다면 심하게 혼날 준비는 해야 했다.

원래 이런 양반들은 이상한 핀트에 꽂히면 죄 엎어 버리는 특성을 갖고 있으니까.

그렇기에 정석적인 방어법은 최대한 팀장이 부대를 안 돌아다니게 하는 것.

그 순간, 차량 두 대가 막사 앞으로 도착했다.

"충! 성!"

박희재가 대표로 팀장에게 경례했고 팀장이 박희재에게 웃으며 다가와 손을 내밀었다.

"진급 축하한다, 대대장."

"중령 박희재! 감사합니다!"

"일단 차라도 한잔하면서 이야기할까?"

"예, 준비되어 있습니다. 지휘 통제실로 가시죠."

대한은 여진수와 눈빛을 주고받고는 미소를 지었다.

박희재와 팀장이 지휘 통제실로 이동했고 나머지 인원들이 두 사람을 따랐다.

대대장 자리에 자연스럽게 앉은 팀장이 참모와 진단관들을 보며 말했다.

"우리가 일부러 부대 휘저으면서 막 혼내는 사람들이 아니라는 건 잘 알고 있을 거다. 여기 온 건 그저 부대에서 놓치는 부분들이 없나 확인하러 온 거니 괜히 숨기려 하지 말고 업무를 하면서 잘 모르는 게 있었다면 부담 가지지 말고 물어보도록 해라. 알겠나?"

인자한 목소리.

사람 좋아 보이는 웃음.

그러나 그건 구렁이를 속에 품은 너구리의 연막 전술이었다.

'저 말을 믿는 놈이 바보지.'

부담 안 갖고 편하게 물어보는 그땐 정말 부대가 끝장나는 것.

당연히 자리에 있는 대대 참모들이 이 사실을 잘 알고 있었고 그럼에도 씩씩하게 대답했다.

"예, 알겠습니다!"

이윽고 팀장이 참모들의 얼굴을 살피더니 그 시선이 대한에게 멈췄다.

"인사과장?"

"중위 김대한!"

"너 유명하더라? 공병대대 간다니까 다들 너 잘 보라고 하더라고."

아, 왜요.

제가 뭘 잘못했는데요?

하지만 그리 말할 순 없었기에 대한이 어색하게 웃으며 대답했다.

"하하, 그렇습니까? 그래도 준비는 잘해 놨습니다."

"그래? 그럼 기대하고 있으마. 진단관들 들었지?"

"예, 들었습니다."

젠장, 괜히 준비 잘했다고 대답했나?

아니다.

어차피 이러나저러나 내 이야기 듣고 왔으면 눈에 쌍심지를 켜고 헤집을 텐데 차라리 당당하게 맞서는 게 낫다.

"예, 실망시키지 않겠습니다!"

팀장이 대한을 보며 씨익 웃어 보인 뒤 다시 입을 열었다.

"잘하면 일찍 가는 거고 못 하면 내일이고 모레고 또 오는 거 잘 알지? 내일부턴 나도 돌아다닐 거니까 오늘 잘하자."

"예, 알겠습니다!"

"좋아, 그럼 다들 일어나지."

그 말을 끝으로 팀장이 자리에서 일어나 대대장실로 향했고 다른 참모들도 각자 자리로 향했다.

그리고 잠시 뒤, 진단관 두 명이 인사과 문을 열고 등장했다.

근데⋯⋯.

'표정들이 왜 저래?'

어디 기분 안 좋은 일이 있었나?

아님 원래 저렇게 생긴 거야?

괜한 불안감을 조성하는 외모들에 대한이 눈치를 보고 있던 그때, 대한의 시야에 남승수의 세상 무너진 표정이 눈에 들어왔다.

'아, 설마.'

역시가 역시였다.

같이 온 진단과 중 부사관 계급을 달고 있는 사람이 남승수와 눈을 맞추며 씨익 웃고 있었다.

안 봐도 뻔했다.

저 사람이 남승수가 말한 그 사람이리라.

남승수는 눈에 띄게 벌벌 떨고 있었고 그 때문에 대한도 마른침을 꼴깍 삼켰다.

'그래도 다행인 건 난 저 사람한테 점검받지 않는다는 건가.'

정말이었다.

부사관이 장교한테 지시하는 게 맞지 않다고 애초부터 두 명이 온 것.

이윽고 소령 계급장을 달고 있는 이가 대한에게 다가왔고 대한은 바로 경례를 올렸다.

"충성!"

"어, 그래. 네가 인사과장이구나. 반갑다. 김은수 소령이다."

"중위 김대한! 반갑습니다!"

"소문의 중위를 직접 보게 되니 무슨 연예인 보는 것 같네. 모쪼록 기대하마."

하.

갈수록 태산이네.

진단관인 소령이 내 이름을 들어 봤다니.

이 정도면 작전사에 내 이름 모르는 간부 찾기가 더 힘들겠네.

대한이 어색하게 웃으며 답했다.

"하하…… 예, 실망시켜 드리지 않겠습니다."

"아까 팀장님 말씀 들었지? 기대해."

김은수가 눈썹을 치켜듦과 동시에 시선을 옮겨 대한의 책상에 놓인 수많은 서류들을 보았다.

"저건 다 뭐냐? 난 어디서 진단하라고?"

"책상에 올려놓은 것들이 전부 진단 자료입니다. 천천히 살펴보시면 됩니다."

"……설마 그걸 다 뽑아 놓은 거냐?"

"예, 병력들 면담 기록은 물론이고 각종 교육을 실시한 일자와 사진까지 다 뽑았습니다."

김은수가 대한과 책상을 번갈아 보고는 천천히 입을 열었다.

"이야…… 확실히 자신 있을 만했네."

"부족한 점 말씀해 주시면 바로 고치도록 하겠습니다."

대한의 말에 김은수가 어이없다는 듯 웃으며 말했다.

"벌써부터 기대되는데? 내가 수많은 부대를 진단 다니면서 이렇게 미리 꺼내 놓은 실무자는 네가 처음이거든."

"아, 그렇습니까?"

"그래, 다들 숨기기 바빴지 이렇게 꺼낼 생각은 안 하거든."

김은수가 책상의 종이를 무작위로 집어 확인해 보더니 이내 미소를 지으며 말했다.

"이것 봐라? 아주 날 고생시키려고 작정한 놈 같네?"

"하하, 오해십니다. 전 그저 진단관님께서 보기 편하시도록 배려한 것뿐입니다."

"하하, 농담이야, 농담. 확실히 편하긴 하네. 몇 초만 훑어봐도 잘하는 줄 알겠어. 그런 의미에서 김 중위는 내가 딱 하나만 보고 바로 진단 종료하마."

인사과에 들어온 지 5분도 채 되지 않았는데 벌써부터 종료한다는 말이 나왔다.

이것은 달콤한 승리의 냄새.

대한이 속으로 쾌재를 내질렀다.

'이 맛에 바짝 준비하는 거지.'

대한은 김은수가 보고자 하는 딱 하나가 뭔지 단번에 알아채고는 본인의 자리로 이동했다.

그리고 열쇠를 꺼내 잠겨 있던 서랍을 열었고 그 모습을 본 김은수가 진심으로 감탄했다.

"이야…… 아주 빈틈이 없네."

"혹시나 해서 따로 챙겨 놨습니다."

"그래, 그런 마음이 사고를 예방하는 거야. 이리 가지고 와 봐라."

진단관이 왔음에도 대한이 꺼내 놓지 않은 것.

그것은 다름 아닌 부대의 관심병사들의 명단이 기록된 서류였다.

관심병사가 누군지 병사들끼리 눈치로 안다고 하지만 이 서류는 절대 병사들에게 공개되어서는 안 됐다.

그렇기에 오늘 같은 상황에서도 서랍 안에 넣어 놓고 잠가 둔 것이고 이게 또 김은수의 마음을 사로잡은 것.

김은수는 흘러나오는 미소를 숨기지 않았고 이내 서류를 받아 한 장씩 넘겨보기 시작했다.

그러기를 잠시, 그의 얼굴에 가득했던 미소가 점점 사라지기 시작했다. 그리고 얼마 지나지 않아 차게 식은 목소리로 대한을 불렀다.

"김 중위."

"예, 진단관님."

"부대에 관심병사가 하나도 없다고?"

"예, 그렇습니다."

김은수의 의문에 대한이 한 치의 망설임도 없이 대답하자 그의 의문이 더욱 깊어졌다.

"네가 인사과장 보직을 맡으면서부터 무더기로 제외된 것 같은데?"

"그것도 맞습니다."

"왜지?"

"따로 관심을 가질 필요가 없기 때문에 제외시켰습니다."

그 말에 김은수가 미간을 좁혔다.

"심의는 한 거야? 상담관 상담도 받았고?"

김은수의 질문에 대한은 대답 대신 본인의 책상에 올려놓은 종이 뭉치를 내밀며 말했다.

"관심병사였던 인원들의 상담관 상담 내용과 면담 기록들입니다. 제외 전 대대장부터 시작해서 저는 물론 중, 소대장까지 모두 면담을 했고 더 이상 부대 차원에서 관리하는 것이 무의미하다고 판단되어 심의를 통해 제외시킨 것입니다."

완벽한 제외 절차였다.

하지만 김은수의 입장에서는 한낱 중위의 말만 믿기엔 걱정이 되었다.

그도 그럴 것이 사고라도 나는 날에는 그 누구도 책임을 피할 수가 없었으니까.

진단했던 진단관 또한 책임을 피할 수 없을 터.

다른 진단은 몰라도 이것만큼은 그냥 넘어갈 수 없었다.

"그래도 지휘부담이 조금이라도 느껴진다면 일단 관심병사로 놔두는 게 좋지 않나?"

"멀쩡한 병사들에게 계속 상담과 면담을 하게 하면 오히려 군 생활에 집중하기 더 힘들 거라고 생각했습니다. 혹시라도 책임 문제로 그러시는 거라면 대대장님과 대화를 한번 나눠 보시면 좋을 것 같습니다."

사고가 난다면 대한이 총대를 메고 싶어도 멜 수가 없다.

대한은 책임지는 자리가 아니었으니까.

김은수는 대한을 빤히 바라보고는 조용히 한숨을 내쉬었다.

"그래, 대대장님 서명도 들어가 있는 서류인데 대대장님께 여쭤봐야겠지. 따라와."

이것은 대대장 앞에서 까 보는 멸망전.

대한이 너무 자신 있게 말해서 아예 대대장에게 물어보기로 한 것.

대대장실에서는 박희재와 진단 팀장이 커피를 마시는 중이었는데 김은수가 대한을 끌고 나타나자 진단 팀장이 웃으며 물었다.

"뭐야, 커피라도 한 잔 얻어먹으러 온 거냐?"

그의 물음에 대한이 답했다.

"아닙니다. 진단관이 대대장님께 여쭤볼 게 있다고 해서 같이 왔습니다."

"대대장한테? 그래, 일단 앉아라."

두 사람이 자리에 앉자 박희재가 김은수에게 물었다.

"그래, 나한테 뭐가 궁금한데?"

"다름이 아니라 부대에 관심병사가 하나도 없는 것이 이상해 대대장님 생각을 한번 여쭤보려고 왔습니다."

"아, 난 또 뭐라고…… 그게 왜 이상해?"

"……잘 못 들었습니다?"

미간을 좁히는 김은수.

그러나 박희재는 진심이었다.

Chapter 3

박희재가 마저 대답했다.

"그래, 그렇게 생각할 수도 있지. 우리 애들이 군 생활하는 걸 못 봤으니까. 근데 한 일주일 정도만 보면 우리 부대에 왜 관심병사가 없는지 바로 알 수 있을걸?"

대한이 했던 대답과 같은 말이었다.

하지만 대한에게 했던 말과는 달리 박희재에게 할 말은 없었다.

책임자가 그렇다는데 어쩌겠는가.

그래도 완전히 받아들이진 못했는지 표정에 의문이 가득했고 상황을 지켜보던 진단 팀장이 나지막이 입을 열었다.

"김 소령."

"예, 진단 팀장님."

"걱정되냐?"

진단 팀장의 물음에 김은수는 잠시 고민하더니 이내 솔직하게 대답했다.

"……예, 그렇습니다. 다른 부대는 수십 명씩 관심병사에 올려놓고 관리하지 않습니까. 반면에 이 부대는 하나도 없어서 오히려 염려됩니다."

이 말도 일리가 있긴 했다.

진단 팀장이 잠시 고민하고는 말했다.

"그럴 수도 있지. 근데 대대장이랑 실무자가 이렇게 자신 있어 하는데 문제가 없을 수도 있잖아? 혹시 진단 결과에 넣을 말이 없어서 그래?"

"……사실 그것도 그렇습니다."

그 말에 대한이 속으로 눈살을 찌푸렸다.

그도 그럴 게 대한이 군대에서 제일 마음에 안 들어 하는 것들 중에 하나가 바로 이런 것이었으니까.

'없으면 없다고 하면 되지. 꼭 뭘 넣어야 해?'

왜 그러는지는 안다.

상급부대에도 빈틈이 넘치는데 하급부대라고 빈틈이 없을 수 없기에 그러는 것이겠지.

하지만 누가 그리 묻는다면 대한은 자신 있게 대답할 수 있었다.

'그건 내가 없어서 그런 거고.'

인사과 짬이 몇 년인데 대대급에서 놓칠 게 있겠나.

두 사람의 대화에 대한과 박희재는 눈빛을 교환하고는 조용히 미소를 지었다.

그때, 진단 팀장이 자리에서 일어나며 말했다.

"어휴, 분명 난 한직에 온 것 같은데 왜 야전 지휘관 할 때보다 더 힘드냐?"

"죄송합니다……."

김은수는 진단 팀장의 눈치를 보며 고개를 숙였다.

그 행동에 진단 팀장이 조용히 고개를 내젓고는 대한을 불렀다.

"김 중위. 인사과로 같이 가 보자."

"예, 알겠습니다."

대한이 일어나자 박희재도 따라 일어났다.

그 모습에 진단 팀장이 박희재에게 말했다.

"계급으로 안 누를 테니까 대대장은 쉬고 있어. 금방 올게."

"하하, 예."

역시 짬을 허투루 먹은 게 아니군.

진단 팀장의 재빠른 제지에 박희재는 멋쩍게 웃어 보이고는 대한에게 옅게 미소 지어 주었다.

그 미소에 대한도 조용히 화답한 후 얼른 진단 팀장과 함께 인사과로 향했다.

인사과에 도착한 직후였다.

진단 팀장은 김은수와 마찬가지로 대한의 책상에 놓인 엄청난 양의 서류들을 보며 놀란 표정을 지었다.

"저게 다 뭐냐?"

"진단관에게 보여 줄 자료입니다. 제가 인사과장 하면서 했던 것들을 다 정리해서 보기 편하도록 출력해 두었습니다."

"그걸 다 뽑았다고? 아, 아니. 이걸 이렇게까지 한다고?"

"다른 곳도 다 같을 겁니다."

"다른 곳? 설마 정작과나 군수과도 이렇게 해 놨다고?"

"예, 그렇습니다."

진단 팀장은 잠시 미간을 좁히더니 이내 좁힌 미간 그대로 입을 살짝 벌리며 김은수에게 말했다.

"김 소령아."

"예, 진단 팀장님."

"너 살면서 이렇게까지 해 놓는 실무자를 본 적 있냐?"

"……없습니다."

"그럼 네 걱정은 좀 과한 것 아니냐……?"

"그, 그게 저도 완벽하다고 생각하긴 하는데 관심병사 하나 때문에 말씀드린 것입니다."

진단 팀장은 대대장실에서 나오기 전까지만 해도 본인이 직접 인사과에 온다면 진단 결과에 적을 만한 내용을 찾을 수 있을 거라고 생각했다.

하지만 대한이 준비해 놓은 것을 보고는 그 생각을 깔끔하게 접었다.

척 보면 척이라고.

이 정도 사이즈면 안 봐도 비디오였다.

인사과 입구에 서서 잠시 고민하던 진단 팀장이 이내 입을 열었다.

"김 소령."

"예, 진단 팀장님."

"그냥 완벽하다고 적어."

"……그렇게 해도 되겠습니까?"

"완벽한데 뭘 더 찾아? 관심병사 관리도 완벽하다고 적어 놔. 이 정도로 준비해 놓는 부대를 걱정하는 것만큼 쓸데없는 일도 없다. 그 시간에 다른 부대를 진단하러 가자고."

진단 팀장의 허락에 김은수가 비로소 미소를 지었다.

"하하, 예. 알겠습니다. 완벽하다고 적어서 보고 올리겠습니다."

고개를 끄덕인 진단 팀장이 대한을 바라보며 흐뭇하게 웃으며 말했다.

"요즘 중위 수준이 많이 올라왔어. 진단 팀에서 준비 좀 해 놓으라고 지시해도 이렇게까지 해 놓는 실무자들은 없었는데…… 정작과장이 알려 줬나?"

대한은 그렇다고 대답하려다 재빨리 대답을 바꿨다.

"예, 정작과장이 진단은 이렇게 받는 것이라고 알려 줬습니다."

"그래? 정작과장이 어디 출신이지?"

"학사입니다."

"오, 그래? 소령까지 힘들게 올라왔겠구만?"

"아닙니다. 정규과정 다녀왔습니다."

"응? 공병에서 학사가 정규 과정을 갔다고?"

대한의 대답에 진단 팀장이 놀라기도 잠시 이내 정작과장에 대해 궁금증이 생기기 시작했다.

"정작과가 대대장실 앞인가?"

"예, 제가 안내해 드리겠습니다."

대한이 잽싸게 진단 팀장을 모시고 정작과로 향했다.

그쯤 여진수는 진단관에게 무언갈 열심히 설명하는 중이었는데 그 모습을 지켜보던 진단 팀장이 여진수에게 다가가 어깨에 손을 올리며 물었다.

"진단 잘 받고 있나?"

"저, 정작과장! 예, 그렇습니다!"

"아직 청춘이구만. 군 생활 끝난 아저씨 보고 뭘 그렇게 놀라나?"

여진수의 반응에 피식 웃은 진단 팀장이 진단관에게 물었다.

"어때? 정작 분야는 잘하고 있나?"

"예, 진단 팀장님. 이 정도면 완벽한 것 같습니다. 정작과장도 모든 내용을 잘 숙지하고 있습니다."

"하하, 그래?"

진단관의 보고를 들은 진단 팀장이 여진수를 지그시 바라보기 시작했고 그의 뜨거운 눈빛을 느낀 여진수가 어색하게 웃으며 말했다.

"하하…… 정작과장으로 최선을 다한 것뿐입니다."

"최선을 다하는 건 당연한 거고. 최고의 결과를 내는 건 또 다른 일이지. 안 그래?"

"그것도 그렇긴 합니다만……."

진단 팀장의 눈빛이 부담스러운지 여진수가 슬쩍 대한에게 화살을 돌렸다.

"저보단 인사과장이 정말 잘합니다."

"알아."

"아, 알고 계셨습니까?"

"어, 방금 인사과 가서 진단 종료했거든."

시간을 확인한 여진수가 놀라며 물었다.

"버, 벌써 종료했습니까?"

"응, 더 볼 게 없던데?"

대한이 씨익 웃어 보였고 여진수가 대한의 어깨를 두드리며 말했다.

"역시 깔끔해."

"과장님께서 하라는 대로 했을 뿐입니다."

"⋯⋯?"

대한의 겸손에 여진수가 그게 무슨 말이냐는 표정을 짓는다.

이 양반아, 가만히 좀 있어 봐.

이게 다 당신을 위한 거니까.

대한은 아까부터 진단 팀장이 여진수에게 관심을 가지고 있다는 걸 느꼈다.

뭘 원해서 이러는진 모르겠지만 어쨌든 여진수도 조만간 작전사에 가야 할 인물.

진단 팀장에게 잘 보여서 안 좋을 건 없었다.

대한의 말을 들은 진단 팀장이 여진수에게 말했다.

"여 소령, 정작과장 얼마나 남았나?"

"이번 달이 끝입니다."

"그래? 다음은 어디로 가는데."

여진수가 다음 보직에 대해 이야기를 해 주었고 진단 팀장이 곧장 휴대폰을 꺼냈다.

"통화 좀 하고 오마."

"예, 알겠습니다."

진단 팀장이 정작과에서 나가자 대한이 여진수에게 조용히 목소리를 낮춰 말했다.

"과장님, 아무래도 다른 곳 가실 것 같습니다."

"그, 그치? 느낌이 좀 그렇다? 근데 이게 되냐? 난 이미 갈 곳 정해져 있는데?"

"대대장님도 진급하신 마당에 군대에 불가능이 어디 있겠습니까."

"그렇긴 한데……."

사실 군대에 안 되는 게 더 많긴 했다.

하지만 다른 사람도 아니고 진단 팀장 정도의 짬이면 모든 걸 파워 게임으로 밀어붙일 수 있었다.

물론 불법적인 건 제외해야겠지만 끽해야 보직 바꾸는 것쯤이 대수랴?

'오히려 보직장교 입장에서도 좋지.'

보직장교의 가장 큰 고민 중에 하나가 바로 장교들이 보직을 받고 불만을 안 가지는 것이었다.

여기서 불만은 업무의 강도일 수도 있겠지만 대부분이 상급자와의 관계였다.

이는 평정에 지대한 영향을 끼치기 때문에 어쩔 수 없었다.

하지만 상급자가 하급자를 원한다?

평정은 당연히 챙겨 줄 것이고 하급자의 입장에선 일이 힘들든 위치가 별로든 간에 불만이 있을 리가 없었다.

여진수가 미간을 좁히며 말했다.

"근데 날 어디로 보내려고 하시는 거지?"

"팀장님께서 마음에 들어 하시는데 진단 팀으로 가시지 않겠습니까?"

"자리가 어디 있다고? 거긴 이미 짱짱한 진단관님들 다 계신데."

정작과를 진단 중이었던 진단관이 두 사람의 속닥거림을 듣고는 피식 웃으며 입을 열었다.

"하하, 둘이서 이야기하면 뭐 답이 나오나? 나한테 물어봐야 하는 거 아냐?"

"아닙니다. 진단 중이신데 방해할 수 없잖습니까. 그냥 저희끼리 이야기였습니다."

"선배는 열심히 일하는데 후배들이 뒤에서 노가리를 까?"

"아, 아닙니다! 대한아, 내가 조용히 하라고 했잖아."

"죄, 죄송합니다."

대한의 빠른 사과를 들은 진단관이 웃음을 터뜨렸다.

"둘이 티키타카가 아주 잘 맞는구나? 그래, 참모끼리 이리 소통이 잘되니 준비를 잘할 수밖에 없지."

진단관이 각종 비문과 자료들을 덮고는 자리에서 일어났다.

"이거 정리해 놓고 팀장님 기다리고 있어."

"예, 알겠습니다!"

"아, 그리고……."

자리에서 일어난 진단관이 씩 웃으며 폭탄 같은 말을 던지고 사라졌다.

"진단 팀에 자리 비어. 내가 곧 다른 곳으로 가거든."

"……!"

"……!"

진단관의 말에 두 사람의 눈이 화등잔만 하게 커졌다.

일이 이렇게 풀린다고?

그로부터 얼마 뒤, 진단 팀장이 돌아왔고 돌아온 진단 팀장이 여진수에게 물었다.

"너 다음 보직 어디로 가도 상관없지?"

"자, 잘 못 들었습니다?"

"시설단 쪽으로 빠질 필요 없잖아. 그냥 갈 곳 없어서 급하게 찾은 곳 아냐?"

역시 짬대령…….

전화 좀 오래 한다 싶더니 그새 여진수의 자력까지 확인해 본 것 같았다.

여진수가 고개를 끄덕였다.

"예, 맞습니다."

"그럼 됐네."

진단 팀장이 씩 웃는다.

그 미소에 대한도 따라 웃자 진단 팀장이 피식 웃으며 물었다.

"넌 왜 웃냐?"

"정작과장이 갈 곳을 찾은 것 같아서 기뻐하는 중입니다."

"하하, 너희 정작과장은 아직 잘 모르는 것 같은데?"

"감정을 잘 숨기는 편이라 그렇지 속으로는 분명히 좋아하고 있을 겁니다."

대한의 말을 들은 진단 팀장이 너털웃음을 터트리며 말했다.

"하하! 여 소령, 저 말이 사실인가?"

"⋯⋯예, 사실 약간은 좋아하고 있었습니다."

"하하, 참모들끼리 이리 말이 통하니 일을 잘할 수밖에 없지. 조만간 나랑도 이렇게 일해 보자고."

진단 팀장은 대답을 듣지 않은 채 그대로 정작과를 벗어났다.

이윽고 정작과에는 대한과 여진수 둘만이 남게 되었고 두 사람은 잠시 침묵하더니 이내 서로를 쳐다본 후.

짜악!

기쁨과 승리의 하이파이브를 뜨겁게 나누었다.

대한이 그 어느 때보다도 깊게 미소 지으며 말했다.

"축하드립니다. 과장님."

"자식⋯⋯ 이번에도 다 네 덕분이다. 일이 어떻게 이렇게 풀리냐."

"제가 뭐 한 게 있겠습니까. 기회는 준비된 자에게 오는 거라고 이게 다 과장님께서 평소에 잘 준비하셨으니까 찾아온 기회가 아니겠습니까."

"자식⋯⋯."

대한의 칭찬에 여진수는 가슴이 조금 뭉클해졌다.

하급자가 해 준 말이긴 했지만 그동안의 노력이 정말로 인정

받는 기분이 들어서.

뭉클함에 콧잔등이 시큰해지기도 잠시.

여진수가 대한에게 물었다.

"근데 진단관 자리가 나한테 도움이 되나? 공병에서 진단관으로 가는 경우는 못 봤는데?"

이건 대한도 확신할 수 없었다.

하지만 하나 확신할 수 있는 건 진단 팀장이 여진수를 챙길 것이라는 것.

'모두가 부러워하는 자리에 가더라도 상급자의 인정을 못 받는다면 아무런 의미가 없다.'

결국 그 자리에서 얼마나 잘했는지는 평정이 증명하는 것이니까.

그런 의미에서 이번 보직 이동은 꽤 긍정적으로 생각됐다.

공병으로 처음 가는 것인데 평정까지 잘 받을 확률이 높았으니까.

대한이 말했다.

"그래도 상급자가 먼저 땡겨 가는 건데 출신이 뭐가 그리 중요하겠습니까? 과장님께서 잘만 하신다면 엄청 도움이 될 것 같습니다."

"흠, 그런가…… 근데 내가 가서 잘할 수 있을까?"

"답지 않게 왜 우는소리를 하고 그러십니까. 평소처럼 하십쇼."

그 말에 여진수가 피식 웃으며 말했다.

"누가 보면 중위가 아니라 중령인 줄 알겠네. 너 이제 끝물이라고 아주 날 가르치려고 든다?"

"하하, 제가 과장님을 어떻게 가르치겠습니까. 전 항상 과장님께 배우는 중입니다."

"어휴, 말은…… 그래도 네가 그렇게 말해 주니까 걱정은 안되네."

여진수는 자리에서 일어나며 대한의 어깨를 툭 쳤다.

"대대장님께 보고드리러 가자."

"저도 말입니까?"

"인사과장이잖아. 보직 담당 아냐?"

"그렇긴 한데……."

인사과장이 이런 부분까지 하라고 만들어진 자리이긴 하지만 중위가 소령 자리 보고하는 자리에 따라가서 뭘 하겠나.

그래도 이미 평가도 끝났겠다, 이젠 할 일도 더 없으니 군말없이 그의 뒤를 따랐다.

여진수는 대대장실에 들어가자마자 진단 팀장이 이야기했던 것들을 그대로 전달했다.

그러자 박희재가 박수를 치며 말했다.

"이야, 군 생활 잘하는 놈들은 이런 날에도 자리를 찾는구나. 정말 잘됐다, 정말 잘됐어!"

"하하, 진단 팀장님께서 좋게 봐주신 것 같습니다. 그나저나 대대장님께서 알아봐 주신 자리는 못 가게 될 것 같은데……."

여진수의 목소리가 기어들어 가자 박희재가 콧방귀를 뀌며 말했다.

"헹, 억지로 찾은 자리에 가서 뭐 하게? 그냥 잘 챙겨 준다는 곳으로 가. 그리고 작전사에 딱 버티고 있다가 평정 잘 챙겨 줄 것 같은 곳 찾아 비집고 들어가서 중령까지 1차 진급해 버려. 알겠어?"

"예, 알겠습니다!"

그리 말해 주니 속이 참 편하다.

박희재는 이어서 대한에게 시선을 옮기며 물었다.

"대한이 넌 평가 어떻게 됐냐?"

"저도 만점인 것 같습니다."

"팀장님이 가서 뭐 보셨어?"

"그냥 문 열고 책상에 쌓인 서류 보시더니 그대로 문 닫고 정 작과로 가셨습니다."

"아주 극찬을 하셨네. 그럼 인사과랑 정작과는 끝났고 이제 군수과만 남은 건가?"

"예, 그렇습니다."

군수과 이야기에 박희재의 눈이 가늘어진다.

박희재가 여진수에게 물었다.

"근데 군수과에 문제 많다고 하지 않았냐?"

"예, 그렇기는 한데 대한이랑 거의 다 수습해 놓은 상태입니다."

"그럼 뭐 문제없겠네."

박희재가 군수과를 신경 쓰는 이유는 진급 때문이 아니었다.

그저 군수과장이 욕먹을까 봐 그러는 것.

박희재는 두 사람의 대답에 잠시 안심하는 듯하더니 이내 의자에 바로 앉으며 말했다.

"아, 그래도 뭔가 좀 불안하네. 진수야, 혹시 모르니까 군수 과에 좀 가 봐라."

"예, 알겠습니다."

"군수과장이 긴장하고 있으면 대신 좀 답변해 주고. 믿는다."

"예, 제가 잘 처리하겠습니다. 대한아, 가자."

두 사람은 대대장실에서 나와 곧장 군수과로 향했다.

가는 길에 여진수가 대한에게 물었다.

"군수과 분위기는 좀 어떻든?"

"죄송합니다. 딱히 확인은 못 했습니다."

"바로 옆인데 대충 들리잖아."

"그게…… 진단관님께서 들어와서 잠깐 보시고는 대대장님 께 다녀왔다가 진단 팀장님이랑 움직였고 그다음엔 바로 정작 과로 향해서 정말 들을 새가 없었습니다."

"그, 그렇구나……."

그 짧은 시간에 그렇게 많은 일이 있었다니…….

근데도 평가가 만점이라니 그저 놀랄 노자였다.

여진수는 대한이 징그럽다는 듯 고개를 내저은 후 군수과 문을 열었다.

그러자 진단관 두 명에게 압박받는 군수과장을 볼 수 있었다.

진단관 중 한 명이 말했다.

"……공사 계획 보고가 최근이네? 예산 나온 지 한참 됐을 텐데?"

"물자는 다 확인해 본 거야? 남은 예산도 있을 텐데 이 계획으로 소진할 수 있는 거야?"

진단관이 온 지 고작 1시간 정도밖에 안 된 것 같은데 군수과장은 벌써 몇 년은 늙은 것 같았다.

진단관들의 탈압박을 지켜보던 여진수가 얼른 경례를 올렸다.

"충성!"

"응? 아, 정작과장이구나."

"진단관님들께서 고생하실까 봐 저도 한번 와 봤습니다."

"하하, 별걱정을 다 하네. 그나저나 아무리 정작과장이라고 해도 정작과도 안 끝났는데 다른 부서에 와도 괜찮은 거야?"

"아, 정작과는 조금 전에 끝났습니다."

"……벌써 끝났다고? 정작 분야 진단관이 그렇게 허술하게 끝낼 사람이 아닌데?"

"저도 허술하게 일하는 스타일이 아니어서 금방 끝난 것 같습니다."

여진수의 말에 진단관들이 그를 빤히 쳐다봤다.

그러더니 이내 두 사람 다 웃음을 터트렸다.

"하하! 그래, 그런가 보네. 그러니까 다른 부서 챙겨 주러 왔겠지."

"도움 드릴 게 있으면 말씀해 주십쇼."

"어, 이리 와 봐. 군수과장한테 예산 관련해서 물어보면 아주 꿀 먹은 벙어리가 되네. 어떻게 생각해?"

꿀 먹은 벙어리라……

당연히 그럴 수밖에.

군수과 예산에 관해서는 군수과장이 한 것이 하나도 없었으니까.

군수과장이 한 것이라고는 그저 여진수가 시키는 대로 공문만 만들어 올렸을 뿐.

'허술하게 답변하는 것보단 공문만 들이밀고 있는 게 나을 수도 있지.'

어찌 되었든 공문으로 보자면 예산을 잘 소진하고 있었으니 굳이 입을 열어 점수를 깎을 필요는 없었으니까.

그러니 군수과장 입장에선 나름대로 최선의 방법을 취하고 있었던 것.

여진수는 군수과장의 어깨를 두드려 준 뒤 곧장 예산에 대해 설명을 시작했다.

그러자 진단관들의 표정이 점차 풀리더니 이내 소화제 먹은 사람들처럼 환해졌다.

"역시 정작과장이네."

"시원시원하다."

그러더니 이내 그들의 시선이 곁에 선 대한에게로 옮겨졌다.

"근데 자네는 거기서 뭐 하고 서 있나?"

"필요한 게 있으시면 도움드리기 위해 대기하던 중이었습니다."

"대기? 뭐 설마 인사과도 끝났어?"

"담당관이 하는 업무는 아직 진단 중이긴 하지만 제가 맡은 업무는 끝났습니다."

"이야, 정작과장이 일을 잘하나 보네? 진단관들 중에 쉽게 넘어가는 사람들이 없는데 오전 중에 벌써 2개나 끝났다고?"

대한이 대답 대신 미소를 지어 보였고 진단관이 고개를 끄덕이며 여진수에게 말했다.

"인사과랑 정작과가 이 정도면 군수과는 뭐 더 볼 필요도 없겠는데?"

"하하, 그래 주시면 저야 감사할 것 같습니다."

"큭큭, 나도 그러고 싶은데…… 예산은 우리도 민감하게 봐야 하니까 그럼 마지막으로 현장 확인만 한번 해 보자."

"예, 알겠습니다."

현장 확인이라는 말에 대한이 속으로 함박웃음을 지었다.

현장이야 아주 잘 굴러가고 있으니까.

여진수는 진단관을 이끌고 공사가 진행되고 있는 현장으로 향했고 대한은 인사과에 빠르게 들른 후 그들의 뒤를 쫓았다.

잠시 후, 멀리서 작업하는 인원들이 보이기 시작했고 대한이 인사과에서 챙겨 온 마스크를 건네며 말했다.

"혹시 모르니 착용하시면 좋을 것 같습니다."

"이건 언제 챙겼나?"

"현장 확인하신다기에 바로 챙겨 왔습니다."

진단관이 흐뭇하게 마스크를 착용하다가 문득 동작을 멈추고는 대한에게 물었다.

"씁, 근데 너 현장에 자주 와? 너한테 마스크가 왜 있어? 군수과장은 뭐 하고?"

아…….

이걸 이렇게 뚫는다고?

이건 예상 못 했네.

역시 진단관이라 그런지 통찰력이 뛰어났다.

그나저나 어쩌지?

군수과장이 정신없어서 내가 현장 확인 중이었다고 말할 순 없는데…….

잠시 고민하던 대한이 어색하게 웃으며 말했다.

"지금 인사과장 임무를 수행하고 있지만 저도 공병이지 않습니까. 공사가 어떻게 진행되는지 궁금해서 몇 번 올라와 봤었습니다."

"흠…… 그래?"

진단관은 군수과장을 한번 흘겨본 뒤 다시 현장으로 다가갔다.

휴.

어찌저찌 넘겼군.

현장으로 향한 진단관은 작업 인원들과 조금 이야기를 나누더니 이내 만족스러운 표정으로 참모진들에게 다가왔다.

"문제없이 잘하고 있네. 군수과장은 공사 끝나면 우리한테 따로 보고해라. 알겠지?"

"예, 알겠습니다!"

됐다.

일단 한고비는 넘겼다.

이제 남은 건 하나.

남은 예산을 어떻게 처리할지였다.

진단관이 군수과장 말고 여진수에게 물었다.

"남은 예산은 체육시설 보수에 쓴다고 계획 보고되어 있던데 어떤 걸 한다는 거지?"

"테니스장을 계획하고 있습니다."

"테니스장이 없어?"

"아닙니다. 있는데 노후화된 것 같아서 보수를 해 놓으려고 합니다."

"음, 낡은 것들을 보수하라고 내려온 예산이긴 한데……."

진단관들은 다른 곳에 썼으면 하는 것 같았다.

하지만 아무리 생각해 봐도 다른 데 쓸 곳이 없었다.

'그렇다고 굳이 멀쩡한 걸 뜯어고칠 필요는 없잖아.'

구청에서 하는 보도블록 공사처럼 말이다.

그런 의미에서 만약 테니스장도 보수할 필요가 없었다면 어떻게든 예산을 반납했을 것이다.

이는 여진수도 마찬가지였다.

'알아서 잘 대답하겠지.'

그리 생각하며 대한은 여진수의 대답을 기다렸다.

근데 여진수의 입은 좀처럼 떨어지지 않았다.

뭐야?

왜 입을 안 열어?

대한이 고개를 갸웃거리며 여진수를 바라보자 여진수가 기다렸다는 듯이 대한에게 턱짓을 했다.

'뭐? 나 보고 대답하라고?'

내가 왜?!

눈을 휘둥그레 뜨며 어떻게든 거절했지만 여진수는 옅게 도리질하며 대답을 회피했다.

미치겠네.

미물도 은혜를 갚는다던데 진단 팀으로 토스해 줬으면 보은 좀 하지.

대한이 조용히 한숨을 내쉬며 진단관에게 말했다.

"작전사에서 신경을 많이 써 주는 부대라 보수가 필요한 곳이 많지 않았습니다. 하나는 창고였고 또 하나는 테니스장인데 진단관님들께서 보시고 불필요하다고 생각하시면 예산을 반납할 수 있도록 하겠습니다."

"예산을 반납한다고? 하하, 김 중위. 잘 몰라서 그러는 것 같은데 그런 짓을 하면 대대장님께서 엄청 화내실 거다."

"화 안 내실 겁니다."

"……응?"

"지금 연락드리면 바로 받으실 겁니다. 한번 여쭤보겠습니다."

대한이 휴대폰을 꺼내기 시작하자 진단관이 서둘러 대한을 말렸다.

"자, 잠깐!"

"바꿔 드립니까?"

"아, 아니! 됐고! 이, 일단 테니스장을 한번 보러 가 보자. 확인이 먼저지, 안 그래?"

"예, 알겠습니다."

미친놈이 진짜 그걸 하네?

진단관들 표정이 딱 그랬다.

그래서일까?

대한이 여진수와 함께 테니스장 쪽으로 앞서갈 때 여진수가 목소릴 낮춰 은근하게 말했다.

"역시 우리 대대 최고 또라이. 너라면 진단관님들 당황시킬 줄 알았다."

"저한테 너무 짬 던지시는 거 아닙니까?"

"나 곧 떠나. 그러니 던질 수 있을 때 던져야지."

"제가 과장님을 던지고 싶어졌습니다."

"얼레? 아깐 가르치려고 하더니 이젠 날 던지려 들어?"

여진수가 얄밉게 웃어 보이는 것도 잠시 대한에게 물었다.

"그나저나 테니스장에 뭐 보수할지 생각해 봤나?"

"대충 생각은 해 봤는데…… 혹시 진단 팀장님 위치 파악되십니까?"

"아니, 모르지. 너랑 같이 다녔잖아."

그 말에 대한이 여진수를 조용히 쳐다봤다.

여진수도 대한을 멍하니 바라봤고 이내 어이없다는 듯한 표정으로 말했다.

"뭐, 설마 나더러 모셔 오라고?"

"전 그런 말씀 드린 적 없습니다?"

"표정이 딱 그런데?"

"왜 저 생긴 거 갖고 놀리고 그러십니까."

"으휴, 얼른 부대를 떠나든지 해야지. 중위한테 아주 제대로 먹혔어."

"저 배가 작아서 과장님 못 먹습니다."

"……아주 한마디를 안 져요. 팀장님 모시고 테니스장으로 갈 테니 나머진 알아서 좀 해라."

"예, 알겠습니다."

역할을 나눈 두 사람이 이내 곧 양옆으로 찢어졌고 잠시 후, 테니스장에 도착한 진단관들이 테니스장을 둘러보기 시작했다.

테니스장을 둘러보던 진단관들이 말했다.

"확실히 낡긴 했네."

"보수하려면 싹 다 고쳐야 할 것 같은데?"

대한이 두 사람에게 다가가 물었다.

"혹시 테니스장 보수해 보신 적 있으십니까?"

"……응? 아니?"

"일단 테니스장에는 흙이 가장 중요하지 않겠습니까?"

"그, 그렇지?"

"그런데 흙만 중요한 게 아닙니다. 배수 시설이 망가져 있다면 그 중요한 흙들이 다 쓸려 내려가 버립니다."

"배수 시설을 고친다고?"

"아닙니다. 저희 부대는 배수 시설 하나는 기가 막힙니다."

진단관이 대한의 대답에 잠시 생각에 잠기더니 이내 미간을 찌푸리며 물었다.

"그래서 뭘 한다고?"

"하하, 다 설명드리려니 시간이 좀 걸릴 것 같은데…… 혹시 흡연하십니까?"

"어, 하는데 왜?"

"옆에 흡연장인데 흡연하시면서 설명 들으시겠습니까."

"음, 그러지. 슬슬 땡기던 참이야."

그래.

흡연자들 유인하는 데는 담배만 한 게 없지.

대한이 진단관들을 흡연장으로 유인하는 데 성공하자 여태 껏 조용히 있던 군수과장이 그제서야 슬쩍 다가와 물었다.

"……근데 테니스장은 아직 세부적으로 정한 게 없지 않아?"

"예, 그래서 시간 끄는 중입니다."

"……시간을 왜 끌어? 진단 팀장님께 말씀드리려고?"

"보고드릴 건 없고 진단 팀장님께 조언을 들을 생각입니다."

"조언을 듣다니? 그게 무슨 말이야."

"일단 군수과장님은 진단관님들과 흡연 좀 부탁드리겠습니다."

"아, 어. 알겠다."

군수과장이 진단관들을 따라가 담배에 불을 붙여 주었다.

대한이 휴대폰을 꺼내 여진수에게 연락했다.

하지만 여진수는 연락을 받지 않았고 대한이 안도의 한숨을 내쉬었다.

'만나서 오고 있나 보네.'

통신 대기가 확실한 사람이었다.

그렇기에 전화를 안 받는다는 건 확실한 이유가 있다는 것이고 지금 상황의 경우, 진단 팀장과 함께 있어서 안 받을 가능성이 높았다.

'믿을 건 진단 팀장뿐이다.'

일전에 테니스장 관리병이 먼저 자문을 구해 봤지만 그냥 시키는 것만 하는 테니스장 관리병이 뭘 알겠나.

새 공이 많으면 좋은 줄 아는 친구였다.

그래서 최대한 머리를 굴려 타개책을 찾아보았고 그러던 중 전생의 기억에서 괜찮은 힌트를 얻었다.

그것은 바로 진단 팀장이 직접 나서서 군수과장에게 지시했던 기억이었다.

'그땐 창고 대신 테니스장에 모든 예산을 투입했었지.'

짬 대령이 되기까지 얼마나 많은 테니스를 쳤겠는가.

심지어 대령급 지휘관을 하며 테니스장을 관리해 본 경험도 있는 사람이었다.

이 부대 안에서 테니스장에 대한 조언을 제일 잘해 줄 수 있는 사람은 단연 진단 팀장이었다.

잠시 후, 여진수가 진단 팀장을 데리고 테니스장에 도착했고 진단 팀장은 누가 뭐라 하지 않았음에도 불구하고 자동으로 테니스장에 대한 평가를 하기 시작했다.

"네트가 너무 낡은 거 아냐? 바닥 평탄화도 너무 안 했다. 이게 평평해 보여도 서브 한번 해 보면 바로 이상하단 걸 알아."

진단 팀장의 평가에 진단관들은 바로 흡연을 멈추고 얼른 달려와 진단 팀장의 말에 귀를 기울이기 시작했고 대한은 그사이 들고 온 수첩을 펼쳐 주옥 같은 조언들을 받아 적기 시작했다.

그리고 중간중간 대략적인 금액을 물어보았고 진단 팀장은 마치 정비업자인 것처럼 즉석에서 견적을 짜 주었다.

그렇게 테니스장 구석구석을 평가한 진단 팀장이 여진수에게 물었다.

"이 대령이 테니스를 별로 안 좋아하나 봐?"

"자주 치시지는 않습니다."

"흠, 그래서 이 모양인가 보구만. 보수를 좀 하긴 해야겠어."

"안 그래도 예산 남은 것으로 진행하려고 했습니다."

"하하, 여 소령은 테니스를 좋아하나 봐? 여기에 예산을 들일 생각을 다 하고?"

차라리 족구를 했으면 했지 테니스와는 거리가 있는 양반이었다.

하지만 조만간 상급자가 될 진단 팀장이 테니스를 좋아하는 것 같은데 거기다 대고 싫어한다고 할 순 없는 노릇.

상급자 따라 종교도 바꾸는데 그깟 운동 취미가 대수랴?

눈치 빠른 여진수가 얼른 대답했다.

"가끔 치긴 했지만 칠 때마다 아쉬움이 있었습니다."

"가끔? 조만간 매일 쳐야 할 텐데?"

"제 꿈이 그런 부대에 가는 것이었습니다."

"하하, 그렇담 조만간 꿈을 이루겠구만."

여진수의 대답에 진단 팀장은 여진수가 점점 더 마음에 들었다.

두 사람은 테니스에 대한 이야기를 본격적으로 시작했고 대한이 수첩에 적은 것들을 바탕으로 진단관에게 말했다.

"테니스장 보수 내용으로는 펜스 및 네트 교체, 흙 보강 그리고……."

"잠깐만, 이걸 왜 네가 보고하냐?"

아차.

대한은 재빠르게 수첩을 군수과장에게 건넸다.

진단관은 두 사람을 이상하게 쳐다보고는 군수과장의 보고를 받아 적었다.

그리고 군수과장에게 말했다.

"예산 처리 잘하고 계획대로 한 뒤에 따로 보고 올려."

"예, 알겠습니다!"

진단관이 군수과장의 어깨를 토닥이며 말했다.

"원래 대대 군수과장 자리가 제일 힘들어. 뭣도 모르는데 만져야 할 돈도 많고 물자도 많지. 혼자 힘들어하지 말고 도와줄 테니 언제든지 전화해라."

이게 진단관들의 역할이었다.

군 생활 동안 쌓은 경험을 통해 하급부대의 간부들을 도와주러 오는 것.

　물론 그 과정에서 혼내기도 한다.

　하지만 결론적으론 군대를 잘 굴러가게 하기 위한 일들이었
다.

　어찌어찌 군수과의 진단도 오전 내로 마무리가 되었다.

✳

　그날 오후.

　진단 팀장이 전 간부들을 지휘 통제실로 불렀다.

　부대를 떠나기 전 진단 팀장으로서 간부들에게 조언을 해
주기 위함이었고 여기서 진단 결과도 알려 준다.

　진단관 중 하나가 PPT를 띄웠고 진단 팀장이 화면에 레이저
포인터를 쏘며 말했다.

　"다들 보이지? 전반적으로 아주 훌륭하다. 각 중대에 보급 물
자들 수량 안 맞는 건 어느 부대든 항상 있는 거니까 신경 쓸 건
아니다."

　물자 수량 안 맞는 건 대대에 있는 단 하나의 미흡 사항이었
다. 그래도 진단 팀장의 말대로 정말 사소한 것 중에 하나라 별
로 신경 쓸 건 아니었다.

　'보급받은 물자를 온전히 다 가지고 있는 게 더 이상하지.'

　만약 이 부분까지 완벽하다면 오히려 그 부대는 수상하기 그

지없는 부대일 터.

진단 팀장이 다음 페이지를 넘겼는데 다음 페이지에는 병력 관리 부분에 대한 진단 내용이 적혀 있었다.

진단 팀장이 대한을 바라보며 말했다.

"짬 있는 중대장들이 근무 중이라 알아서 관리를 잘했다고 생각했는데 진단관들한테 들어 보니 중대에서는 인사과장이 다 한 거라고 했다더군. 맞나?"

그러자 중대장들이 일제히 답했다.

"예, 그렇습니다."

"허허, 중대장들도 군 생활을 짧게 한 게 아닐 텐데 어떻게 중위를 이리 믿을 수 있지? 2중대장, 자네가 선임 중대장이지?"

"대위 정우진! 예, 그렇습니다."

"말해 봐. 네가 보기엔 인사과장이 일 잘하는 것 같냐?"

그 말에 정우진이 숨도 쉬지 않고 대답했다.

"병력 관리는 물론 인사 업무 전반적으로 완벽한 후배라고 생각합니다!"

진단 팀장이 대한과 정우진을 번갈아 보고는 미소를 지었다.

"참모가 지휘관들의 신임을 제대로 얻고 있네. 완벽하다. 내가 딱 원하던 그런 부대야."

진단 팀장이 페이지를 쭉쭉 넘기며 말을 이었다.

"다른 분야도 마찬가지다. 아주 깔끔해. 그래서 작전사 예하 부대들 진단을 모두 마치고 나면 부대 표창과 더불어 간부들에게 포상을 내릴 생각이다."

박희재가 흐뭇하게 웃으며 답했다.

"감사합니다."

"감사는 무슨…… 이 정도 부대 관리를 알아서 해 주고 있었는데 오히려 우리가 감사해야지. 오히려 줄 수 있는 게 표창뿐이라 미안할 정도야."

진단을 쉽게 넘어갈 줄 알았지만 부대 표창까지 받을 줄이야.

자력에 남는 건 아니었지만 대대원들 모두가 자부심을 가질 수 있었다.

진단 팀장은 다시 한번 대대 간부들을 칭찬하고는 자리에서 일어났다.

"이런 완벽한 부대에 더 있을 필요는 없으니 우린 일찍 나가 보마. 다 따라 나오지 말고 참모들만 나오고 중대장들은 올라가서 병력들이랑 놀 준비나 해라."

"예, 알겠습니다!"

훈훈한 강평을 마무리한 진단 팀장이 나가자 참모들이 그의 뒤를 따랐다.

진단 팀장은 차량에 탑승하기 전 따라 나온 간부들과 악수를 나눴다.

"중령 박희재!"

"작전사로 오게 되면 자주 보자고."

"하하, 예. 알겠습니다. 보직 발표나면 바로 말씀드리겠습니다."

그리고는 여진수와 군수과장을 지나 대한의 앞에 도착했다.

"중위 김대한!"

"진단관이 그러던데 너 작전사에서 유명하다며?"

"저도 오늘 진단관에게 처음 들은 사실입니다!"

"하하, 유명한 놈들치고 멀쩡한 놈을 못 봤는데…… 네가 유일하게 멀쩡한 놈인 것 같다. 아주 잘하고 있어. 또 재미있는 소식 기대하마."

"예, 알겠습니다!"

대한과의 인사를 마지막으로 진단 팀장이 차량에 탑승해 작전사로 향했다.

진단관들은 차량을 기다리며 박희재와 인사를 나누었고 그때 한 진단관이 대한에게 다가왔다.

그는 남승수가 걱정하던 진단관이었다.

대한이 웃으며 그에게 말했다.

"고생하셨습니다, 진단관님."

"과장님도 고생 많으셨습니다. 그나저나."

진단관이 인사과가 있는 방향을 가리키며 말을 이었다.

"승수가 일 대충 하면 저한테 바로 말씀해 주십쇼."

하하, 대충이라.

남승수만 한 담당관이 또 어디 있다고.

대한이 웃으며 말했다.

"대충해도 다른 부대 담당관들보다 일 잘하지 않습니까?"

"그래도 제가 용납 못 합니다."

"하하, 알겠습니다. 혹시라도 그런 일 있으면 바로 연락드리겠습니다."

대한의 대답에 그는 그제서야 흡족한 미소를 지었고 잠시 후, 모든 진단관들이 떠난 직후였다.

박희재가 말했다.

"고생들 많았다. 진단 준비하느라 야근도 많이 한 거 안다. 현 시간부로 퇴근해도 괜찮으니 알아서 정리할 거 하고 퇴근해 봐라. 이상."

"예, 알겠습니다!"

시원시원한 마무리였다.

물론 이는 보완할 내용이 없으니 할 수 있는 것.

만약 보완 사항이 있었다면 즉시 보완해서 작전사로 넘겨야 했을 테니.

대한은 첫 부대운영진단을 잘 넘겼다는 생각에 뿌듯함이 밀려왔다.

✳

부대운영진단이 끝나고 며칠 뒤.

대한은 출근해서 느긋이 공문들을 살폈다.

그러던 중 한 공문을 보고는 곧장 단으로 올라갔다.

단에 도착한 대한이 지원과 문을 열자 여유롭게 믹스 커피를 타고 있는 고종민이 보였다.

"충성."

"어, 대한아. 무슨 일이야?"

"알려 드릴 게 있어서 찾아왔습니다."

"알려 줄 거? 뭐, 내가 놓친 게 있나?"

대한이 직접 찾아와 알려 줄 게 있다고 하자 고종민의 얼굴에 긴장이 스멀스멀 올라온다.

그 표정을 본 대한이 얼른 웃으며 손바닥을 내보였다.

"아, 너무 긴장하지 마십쇼. 일 이야기는 아닙니다."

"후, 놀래라…… 그럼 다행이고. 그나저나 너도 커피 한잔할래?"

"하하, 감사합니다."

고종민이 타 준 믹스 커피를 받아 들고는 곧장 그의 책상에 앉았다.

그러고는 공문을 열어 그에게 보였다.

고종민이 공문을 확인하고는 고개를 갸웃거리며 물었다.

"군사 영어반? 너 이거 가려고?"

"저는 못 가는 거 아시지 않습니까. 선배님 지원하시라고 들고 왔죠."

대한이 들고 온 공문.

그것은 다름 아닌 군사 영어반에 대한 것이었다.

군사 영어반은 잘나가는 장교들은 다 다녀오는 것 중 하나였다.

6개월간 군 부대가 아닌 교육기관에서 지내며 오로지 영어 공부만 한다.

얼핏 들으면 좋은 것인가 싶긴 하겠지만 선발만 된다면 소령 진급은 확정인 교육이었다.

그도 그럴 것이 군대에서 사람에게 돈을 들인다는 것 자체가 대놓고 키우겠다는 뜻이었으니까.

'그렇기에 아무나 갈 수 있는 곳이 아니지.'

중위급 장교를 선발하는 군사 영어반에 가기 위해선 장기 선발이 필수였다.

그러니 장기 선발에 한 번이라도 물을 먹는다면 절대로 뽑힐 수 없는 곳.

하지만 고종민도 1차로 장기 선발된 잘나가는 장교들 중 하나였다.

물론 공병단 내에선 대한에게 묻혀 티도 나지 않았지만 다른 부대 기준으론 충분한 에이스 중의 에이스.

대한이 지원 자격을 읽으며 말했다.

"1차로 장기 됐고 영어 성적도 남아 있으시지 않습니까?"

"어, 그렇긴 한데…… 나도 이런 거 지원해도 되나?"

"지원해야죠. 대상자가 지원하지 않는 것도 이상한 거 아닙니까?"

"대상자라도 지휘관 추천을 받아야 하잖아. 그리고 내가 자리 비우면 일을 네가 다 해야 할 텐데?"

어라?

이 선배가 아주 기특한 생각을 하고 있었네?

그렇게 말하면 내가 또 못 참잖아.

고종민의 대답에 대한이 아빠 미소를 지으며 대답했다.

"일이야 얼마든지 해 드릴 테니까 일단 지원해 보시죠. 단장님이라면 무조건 해 주실 겁니다."

"흠, 곧 다른 부대 가시니까 그냥 해 주시려나? 좀 있다가 한번 여쭤봐야겠다. 일단 담배나 한 대 피우러 가자."

단 지원과의 문을 열고 흡연장으로 나가는 길.

대한이 고종민에게 말했다.

"너무 고민하지 말고 일단 자격 요건 보고 도움될 것 같으면 지르고 보십쇼."

"야, 그게 너나 가능한 거지 내가 가능하겠냐?"

그때였다.

"뭘 지르고 봐?"

"아, 충성!"

막사 안으로 들어오던 이원영이 우연히 두 사람의 대화를 들어 버린 건.

이원영이 대한에게 물었다.

"선배 군 생활 망칠 일 있냐, 뭘 질러?"

"하하…… 인사장교에게 도움이 되는 길을 찾아주고 자신감을 넣어 주던 중이었습니다."

"도움이 되는 길? 그게 뭔데?"

이원영이 대한의 말에 관심을 가졌다.

그도 그럴 것이 본인 또한 부하들의 미래가 밝았으면 했으니까.

이원영이 관심을 보이자 대한이 씨익 웃으며 말했다.

"오늘 공문을 확인해 보니 군사 영어반 지원을 받고 있길래 그거 알려 주었습니다."

"오호, 영어반? 그거 가면 좋다고 듣긴 했는데…… 근데 그거 경쟁률 높은 거 아니냐?"

"예, 높긴 합니다만 인사장교 정도면 붙지 않겠습니까?"

"그것도 지휘추천 있지?"

"예, 그렇습니다."

"준비해서 가지고 와. 내가 단장으로 남아 있을 때 할 수 있는 건 다 해 줘야지."

따로 보고를 해야 하나 고민하고 있었는데 타이밍이 참 좋았다.

고종민도 참 하늘이 돕는 인재라니까.

타이밍 좋은 이원영의 쿵짝에 대한이 미소를 짓자 그걸 지켜

보던 이원영도 웃으며 말했다.

"그나저나 너는 지원 안 하냐?"

"아, 저는 아직 지원 자격이 안 됩니다."

"네가 왜 안 돼? 뭐가 문제인데?"

"하하, 지원 자격이 장기 선발된 자원입니다."

"아…… 너 아직 장기도 안 됐냐?"

"예, 전 아직입니다."

대한의 대답에 이원영이 새삼 놀랍다는 듯 미간을 좁히며 말했다.

"매번 느끼는 거지만 어떻게 네가 아직 그 짬밖에 안 되는지…… 그래, 가까운 선후배끼리 그렇게 돕고 지내라. 인사장교는 준비되는 대로 바로 가지고 오고."

"예, 알겠습니다!"

고종민이 씩씩하게 대답하자 이원영이 그의 어깨를 토닥여 주고는 그대로 단장실로 복귀했다.

대한이 고종민과 함께 흡연장으로 나가며 말했다.

"얼른 준비해서 추천받고 내면 될 것 같습니다."

"일이 잘 풀리네. 따로 어떻게 보고해야 하나 고민 중이었는데 다 대한이 네 덕분인 것 같다."

"에이, 아닙니다."

"아니야, 생각해 보면 너 없인 장기도 힘들었을 것 같아. 고맙다."

"하하, 왜 그러십니까. 같이 힘들게 군 생활하는데 당연히 도와드려야죠."

고종민이 대한에게 어깨동무하며 말했다.

"단장님이 말씀하신 것처럼 항상 도울게. 뭐, 도울 게 있을진 모르겠지만 개똥도 약에 쓰인다고 나라도 도움이 될 때가 있지 않겠냐?"

개똥이라⋯⋯.

이렇게 겸손한 선배가 또 있을까?

대한은 고종민의 이런 겸손한 태도만으로도 충분히 큰 힘이 되었다.

그도 그럴 게 군대에선 이런 인연을 만나는 게 정말 쉽지 않았으니까.

대한이 웃으며 답했다.

"하하, 그럼 선배님이 저 잘 도와주실 수 있도록 저도 선배님을 한번 잘 도와 보겠습니다."

"하하, 크게 받아먹겠다는 거냐?"

"이왕 도움받을 거 큰 도움 받는 게 좋지 않겠습니까. 그리고 선배님도 그게 더 좋을 것 같습니다."

"큭큭, 그건 맞지."

이윽고 흡연을 마친 고종민이 복귀하려다 대한에게 물었다.

"대한아, 대대 도서관 좀 쓴다?"

"아, 예. 얼마든지 쓰십쇼."

"너도 같이할 거지?"

"뭘 같이합니까?"

"영어 공부."

"……예?"

고종민이 씨익 웃으며 말했다.

"영어 성적 높으면 좋잖아. 나도 후배 챙겨야지."

"……그건 그냥 선배님이 혼자 공부하기 싫으니까 그러시는 거 아닙니까?"

"아닐걸? 너도 필요할걸?"

고종민의 말에 대한은 잠시 계산해 보았다.

'영어야 잘하면 좋은 것이긴 하지. 근데 나한테 굳이 영어가 필요할까?'

필요 없을 것 같다.

내가 미군과 군 생활할 것도 아니고 솔직히 말해 군사 영어반 지원도 안 할 것 같았다.

지원하면 좋긴 하겠지만 대한의 경험상 이것저것 하면서 돌아다니는 것보단 그냥 한 우물을 파는 게 더 좋았으니까.

그때, 고종민이 대한의 침묵을 깨트리며 말했다.

"부대 조용하지 않냐?"

"예, 연말까지 조용합니다."

"할 것도 없는데 같이하자."

"아…… 알겠습니다."

쩝.

이건 좀 외통수네.

아무렴 그냥 노는 것보단 좋겠지.

대한과 고종민은 그날 저녁부터 도서관에 앉아 영어 공부를 하기 시작했다.

✳

그로부터 며칠 뒤.

대한은 아침 업무를 정리하자마자 대대장실로 향했다.

대대장실 앞에는 참모들이 모여 박희재의 호출을 기다리는 중이었고 잠시 후, 대대장실에 먼저 들어가 있던 여진수가 문을 열며 말했다.

"다들 들어와."

여진수의 부름에 대대장실에 들어가자 처음 보는 소령이 박희재의 옆에 앉아 있었다.

박희재가 소령을 가리키며 말했다.

"다들 처음 보지? 후임 정작과장이다. 인사해."

그러자 후임 정작과장이 자리에서 살짝 일어나며 말했다.

"반갑다. 김웅배 소령이다. 1년 동안 잘 지내보자."

최고참인 작전장교가 대표로 대답을 했고 참모진들이 자연스럽게 자리로 향했다.

대한은 자리로 향하는 중에 김웅배의 날카로운 시선을 느꼈다.

'뭐야…… 쟤 눈깔 왜 저래?'

몹시 공격적인 눈빛.

다른 사람도 아니고 날 향한 게 확실했다.

뭐지?

저런 날 아는 사람인가?

하지만 아무리 생각해 봐도 초면인데?

대한은 잠시 머리를 굴린 끝에 여진수를 가장 유력한 용의자로 뽑았다.

'분명 무슨 말이든 했다. 그게 아니면 저 사람이 나한테 저런 눈빛을 보낼 리가 없어.'

추리를 마친 대한의 시선이 자연스럽게 여진수에게로 향하자 여진수가 기다렸다는 듯이 대한을 향해 환한 미소를 보였다.

웃는 거 보니까 맞네.

아이고.

갈 거면 곱게 가지, 이게 무슨 짓이야?

대한이 조용히 한숨을 쉬자 박희재가 참모들에게 차를 건네며 말했다.

"올 연말부터 시작해서 나를 비롯해 중대장들 모두가 부대를 이동하게 되는데 이런 시기에 참모들이 더더욱 잘해 줘야 한다. 새로 온 간부들이 빠르게 적응하게 돕는 건 물론 부대가 잘 굴러가도록 열심히 움직여 줘야 해. 김 소령이랑 대화 많이 하고 지금 같은 팀워크를 유지할 수 있도록 노력해라. 알겠지?"

"예, 알겠습니다!"

"김 소령, 뭐 궁금한 거 없나?"

김웅배가 참모들을 슥 둘러보고는 입을 열었다.

"업무 파악하면서 천천히 알아가겠습니다."

"그래, 그것도 좋은 방법이지. 일단 차 한잔할 겸 인사 가볍게 하라고 불렀고…… 나머지는 진수가 업무 인수인계하면서 해라."

박희재는 김웅배가 최대한 빠르게 적응할 수 있도록 도왔다.

여진수가 씩씩하게 대답하고는 참모들과 함께 티타임을 즐겼다.

잠시 후, 간부들이 대대장실에서 나왔고 여진수가 입을 열었다.

"김 소령, 담배 피우나?"

"예, 그렇습니다."

"좋네, 다 같이 담배나 피우러 가지."

역시 군대는 흡연인가.

학연, 지연, 혈연 중에 최고는 흡연이라 했다.

그나저나 대한은 담배도 안 피우는데 흡연자 취급을 받고 있었다.

흡연장에 도착해 멍하니 서 있는 대한을 보고 여진수가 웃으며 말했다.

"대한이 너도 슬슬 피울 때 안 됐냐? 군 생활에 스트레스가 없어?"

"하하…… 그건 아니지만 못 끊을까 봐 두려움이 큽니다."

"인생 짧다. 누릴 수 있는 건 다 누려."

"아휴, 그럼 전 길고 가늘게 살고 싶습니다."

"크큭, 그래. 웬만하면 넌 피우지 마라. 아주 해롭다."

"하하, 예. 알겠습니다."

여진수가 즐겁게 대한을 놀리고 있을 때, 잠자코 서 있던 김웅배가 대한에게 물었다.

"요즘 인사과 업무 바쁘냐?"

"중위 김대한, 진단받고 난 뒤로는 조용합니다."

"담배 피우고 들어가서 나 좀 잠깐 보자."

"예, 알겠습니다."

묘하게 날이 서 있는 것 같은데 뭘까?

기분 탓이겠지?

이윽고 김웅배가 먼저 정작과로 향하며 말했다.

"한 30분 있다가 정작과로 와."

"예, 알겠습니다."

이윽고 김웅배가 사라지자 대한이 조용히 여진수에게 물었다.

"과장님."

"응?"

"혹시 후임 정작과장한테 저에 대해 무슨 이야기 하셨습니까?"

"아니? 별말 안 했는데?"

"흠…… 알겠습니다."

"왜? 걱정돼?"

"아닙니다."

이윽고 대한도 흡연장을 벗어났고 정작과로 가기 전, 인사과에서 그의 자력을 검색해 보기 시작했다.

✹

30분 뒤.

대한이 정작과의 문을 열었다.

"충성!"

"어, 인사야. 잠시만 기다려 줄래?"

김웅배는 여진수 옆에 앉아 여진수의 설명을 듣는 중이었다.

대한은 정작과의 냉장고를 뒤져 음료수를 챙긴 뒤 지휘 통제실에 대기했다.

잠시 후, 김웅배가 지휘 통제실로 오며 말했다.

"불러 놓고 미안하다."

"아닙니다. 괜찮습니다."

대한이 김웅배에게 음료수를 건넸다.

그러자 김웅배가 미소를 지으며 음료수를 받았다.

음?

이번엔 또 웃네?

뭘까?

아까 자력을 확인했을 때 특별한 건 발견하지 못했다.

그는 3차로 소령에 진급한 어디서나 흔히 볼 수 있는 그냥 평범한 군인이었다.

예컨대 힘들다고 소문난 곳에 있었던 것도 아니고 후방과 전방을 왔다 갔다 하며 운 좋게 마지막에 진급한 인물.

이윽고 김웅배가 음료수로 목을 축이며 말했다.

"너 군 생활 열심히 한다며?"

"최선을 다하고 있습니다."

"중위가 벌써부터 그렇게 열심히 하면 어떻게 하나?"

"……잘 못 들었습니다?"

"좀 살살 하라고. 면담 내내 대대장님이랑 여 소령님이 네 칭찬만 하시더라."

뭐지?

질투하는 건가?

대한은 그가 왜 이런 말을 하는지 정확히 파악할 수가 없었다.

그래도 하급자가 대답을 안 하면 되겠는가.

대한이 어색한 표정으로 답했다.

"아…… 그러셨습니까?"

"어, 내가 부담스러워 죽겠어. 그러니 살살 하자?"

살살 하라는 김웅배의 말.

그리고 그는 진심이었다.

그의 말에 대한은 잠시 고민했다.

살살하라니까 살살하긴 하겠는데 뭘 어떻게 어딜 살살하라는 거야?

답이 안 나온다.

그래서 그냥 물어보기로 했다.

안 물어보고 나중에 혼날 바엔 그냥 미리 물어보고 예방하는 게 좋으니까.

"혹시 어떤 부분에서 부담스러워하시는 건지 여쭤봐도 되겠습니까?"

김웅배가 의자에 등을 기대며 말했다.

"별거 없어. 열심히 하는 부하들 많이 만나 봤는데 일을 열심히 하면 뭐랄까…… 결국 내가 피곤해지더라고. 그러니 특별한 일 아니면 일 키우고 조용히 지내자고, 알겠지?"

아아.

그런 말이었나.

그의 대답을 들은 대한은 그가 왜 자신한테 그런 눈빛을 보냈는지 이제서야 이해할 수 있었다.

'겁먹고 경계하는 눈빛이었군.'

그는 자력에서도 확인할 수 있듯이 평범한 군 생활을 해 왔다.

그런데 소령 계급에서 가장 편하다고 할 수 있는 정작과장 자리에 왔는데 부하가 만약 폭풍을 부르는 소문의 중위라면?

충분히 겁먹고 경계할 만했다.

다행이었다.

겨우 그런 이유여서.

대한이 웃으며 답했다.

"하하, 예. 알겠습니다!"

"그래, 이해해 줘서 고맙다. 내가 이번에 진급할 때 고생한 게 아직 회복이 덜 됐거든. 그러니 좀 부탁할게?"

"예, 무슨 말씀이신지 확실히 이해했습니다."

"그래, 똑똑한 놈이니까 잘하겠지."

여진수가 가고 난 뒤 어떤 정작과장이 올지 걱정이었다.

군 생활은 어떤 사람을 만나냐에 따라 난이도가 급격히 갈렸으니까.

근데 걱정과는 달리 사람 자체는 괜찮아 보였다.

특히 평화주의자적 마인드가 진급 욕심이 없어 보이는 사람 같았다.

'3차 진급이라 그런가?'

그렇다면 더더욱 환영이었다.

박희재가 딱 그랬으니까.

'그나저나 조용히라……'

나도 조용히 살고 싶다.

근데 그게 어디 내 마음대로 되든가.

주변에서 날 가만히 내버려 두질 않는데.

그래도 노력은 해 보기로 했다.

'난 진짜 조용히 사는 게 목표인 사람이니까.'

대한이 다시금 초심을 되새기며 고개를 끄덕인다.

그로부터 일주일 뒤.

여진수가 부대 이동하는 날이 되었다.

여진수가 짐 챙기는 걸 도와주는 대한에게 한숨을 쉬며 말했다.

"후, 진짜 이렇게 가네."

"왜 그러십니까."

"몰라, 막상 떠날 때가 되니까 마음이 좀 그렇네."

"하하, 이때까지 부대 많이 옮겨 다녀 보지 않았습니까?"

"그렇지. 근데 이렇게 아쉬운 건 처음이다."

대한은 여진수의 말을 십분 공감했다.

그도 그럴 게 이런 완벽한 부대는 좀처럼 만나기 힘들었으니까.

'참모, 중대장 할 것 없이 전부 다 알아서 일하고 심지어 잘하기까지 했으니까.'

상급자로서 일할 맛 나는 환경이었을 터.

대한이 여진수의 짐을 정리하며 말했다.

"그래도 멀리 가시는 거 아니니 자주 놀러 오십쇼."

"내가 놀러 오면 부대 피곤해질 텐데 괜찮냐?"

"……당연히 진단관으로 오시면 안 되죠."

여진수는 예정대로 진단 팀에 들어가게 되었다.

그뿐이랴?

진단 팀장은 여진수에게 공병에 적당한 자리가 나면 바로보내 준다는 약속까지 해 주었다.

대한이 진단 팀장의 약속을 떠올리며 고개를 끄덕였다.

'참 운 좋은 양반이야.'

이렇게 챙김 받는 걸 보니 어쩌면 훗날 정말로 여진수 밑에서 중대장을 할 수도 있을 것 같다는 생각이 든다.

여진수가 대한의 말에 피식 웃으며 답했다.

"야, 내가 진단관으로 오면 더 좋은 거 아니냐? 얼마나 많이봐 주겠어."

"어휴, 제가 아는 과장님은 절대 그러실 분이 아니십니다.

꼭꼭 숨겨 놓은 것들까지 다 털어 보실 것 아닙니까."

"에이, 설마."

그리 말하면서 씩 웃는 여진수.

참 믿음 안 가는 양반이야.

이윽고 차에 정리한 짐을 모두 실은 두 사람은 박희재에게
인사하기 위해 대대장실로 향했다.

그러다 문득 발걸음을 멈춰 서더니 여진수에게 말했다.

"저 잠시 인사과 좀 다녀오겠습니다."

"그럼 나 혼자 들어간다?"

"예, 급한 거라 죄송합니다."

"그래."

여진수는 대대장실로, 대한은 인사과로 향했다.

그런 다음, 물건 하나를 챙겨 간부들을 소집해 주차장으로
향했다.

주차장에 도착한 대한은 여진수의 차를 뺀 후 연락받고 모
인 간부들을 정렬시켰다.

정렬하던 정우진이 대한이 챙겨 온 걸 보며 씩 웃었다.

"준비한다는 게 이거였어?"

"아, 예. 보시겠습니까?"

정우진은 대한이 건넨 것을 확인하고는 고개를 끄덕였다.

"잘 만들었네."

"중대장님들 것도 다 만들어 드리겠습니다."

대한의 말에 정우진이 씨익 웃으며 말했다.

"그래, 내 것도 잘 부탁할게."

이윽고 정우진이 베레모를 점검한 뒤 자리를 잡았고 그때, 망을 보던 이영훈이 얼른 외쳤다.

"혼자 나오고 계십니다."

"그래, 너도 얼른 서라."

"예!"

잠시 후, 여진수가 주차장으로 나왔고 대대 간부들이 도열해 있는 걸 보고는 미소를 지으며 말했다.

"자식들…… 일부러 말 안 했는데 또 어떻게 알고 귀신같이 모여들 있냐."

그러고는 대한을 바라봤다.

그래.

네가 연락했겠지.

여진수의 시선에 대한이 씨익 웃으며 그에게 다가갔다.

그러고는 뒤로 감춰 두었던 걸 내밀며 말했다.

"그동안 고생하셨습니다, 과장님."

대한이 준비한 것.

다름 아닌 전출패였다.

여진수는 그것을 조용히 받아들었다.

그리고 한동안 말을 잇지 못했다.

전출패에는 같이 근무한 간부들의 이름은 물론 그들의 사진들도 함께 담겨 있었다.

여진수가 전출패를 찬찬히 살피는 것도 잠시, 이내 잠긴 목소리로 말했다.

"자식…… 이거 때문에 갑자기 인사과로 빠진 거구만?"

"과장님 몰래 준비한다고 힘들었습니다."

"……고맙다."

여진수는 대한의 어깨를 토닥여 주고는 간부들에게 다가가 악수를 나누며 인사를 했다.

그렇게 짧은 인사를 끝내고 차에 오른 여진수가 창문을 내리고 말했다.

"나 이제 갈 테니까 다들 들어가."

그러나.

"부대 차렷!"

정우진은 대답 대신 목소리를 높였고 여진수는 푸흐−한숨을 내쉬더니 다시 차에서 내려 간부들 앞에 섰다.

그 모습을 본 정우진이 씨익 웃더니 이내 다시 목소리를 높였다.

"고생하신 정작과장님께 대하여 경례!"

"충! 성!"

정우진의 지휘에 전 간부가 여진수에게 일제히 경례한다.

그들의 진심을 받은 여진수도 조용히 미소 짓더니 이내 경례했다.

"충성."

여진수는 경례하며 자신들에게 경례하는 간부들의 모습을 확실히 눈에 담았다.

그리고 천천히 팔을 내린 후 다시 차에 올랐고 곧장 부대를 벗어나기 시작했다.

부웅―

여진수의 차가 멀어진다.

하나 여진수의 차가 시야에서 완전히 사라지기 전까지 손을 내리는 간부는 아무도 없었다.

✳

여진수가 떠난 다음 날 오후.

대한은 여진수의 빈자리를 크게 느끼는 중이었다.

'심심하네.'

참모는 알고 보면 참 외로운 보직이었다.

각 부서에 주어진 일을 혼자서 처리하니까.

물론 보통의 참모라면 주어진 업무하느라 눈코 뜰 새 없이 바쁠 테지만 인사과 업무를 모두 마스터한 대한에게 대대급 인사 업무는 그야말로 누워서 떡 먹기.

그렇다 보니 하루가 길게 느껴질 수밖에 없었다.

'쩝, 영어 공부나 해야겠다.'

살다 살다 할 게 없어서 영어 공부를 하는 날이 오다니.

하지만 시간을 그냥 죽이고 싶진 않았다.

시간은 금이었기에.

물론 그렇다고 김웅배를 찾아갈 생각은 더더욱 없었다.

애초에 조용히 살고 싶다고 못 박은 양반인데 찾아가서 괴롭히면 김웅배가 뭐라고 생각할까?

대한은 고종민과 같이 구매한 영어책을 펼쳐 공부를 시작했다.

그러기도 잠시, 남승수가 대한을 불렀다.

"과장님, 단장님 한빛부대 가신답니다."

"어? 나왔습니까?"

"예, 올라왔습니다. 확인해 보시죠."

대한은 얼른 책을 덮고 컴퓨터를 확인했다.

그리고 곧장 대대장실로 향했다.

"충성!"

"어, 무슨 일이야?"

"단장님 보직 이동 결정 나셨습니다."

"아, 그래?"

박희재도 컴퓨터를 확인해 보고는 자리에서 일어나 단으로 향했다.

대한도 자연스럽게 그의 뒤를 따랐다.

단에 도착한 박희재는 단장실의 문을 벌컥 열며 말했다.

"12월에 부대 이동하더라?"

"후…… 노크는 좀 하고 들어와라."

이원영이 질린다는 듯 고개를 내젓고는 자리에서 일어났다.

그러고는 음료수를 챙겨 두 사람에게 건네며 말했다.

"결국 한빛부대로 가기로 했다."

"잘 생각했다. 그래도 공병 대령이 가기엔 그만한 곳도 없잖아."

"그건 그래."

"근데 왜 12월이야? 파병 출발하려면 많이 남지 않았어?"

"부대 이동하자마자 남수단으로 바로 파병 갈 수 있는 게 아니잖아. 일단 국제평화단 가서 교육받을 것 좀 받고 해야지."

"교육받을 게 뭐가 있다고?"

"공병만 가는 게 아니라 특전사도 같이 가는 거라 교육받아야 할 게 좀 있더라."

박희재가 고개를 끄덕이자 대한이 웃으며 말했다.

"가시면 체력으로 기강 한번 제대로 잡아 주십쇼."

"전부 젊은 애들일 텐데 체력으로 기강이 잡히겠냐?"

"전 단장님을 믿습니다."

"하하, 믿음에 부응해야겠구만."

듣기 좋으라고 한 말이 아니었다.

대한이 보기에 이원영의 체력은 젊은 애들 못지않았으니까.

특히 매일 저녁 하는 달리기를 생각해 보면 적어도 지구력만 큼은 그들 중 톱클래스일지도 모른다는 생각이 들었다.

'명색이 육사인데 육사 하면 체력이지.'

그러나 박희재는 질린다는 듯 고개를 저었다.

"전역하고 마라톤 선수 할 거냐? 적당히 좀 뛰어라, 그러다 도가니 다 나가겠다."

"그거 좀 뛴다고 나갈 도가니였으면 육사는 가지도 않았다."

"어휴, 그놈의 육사 부심. 그나저나 단장 자리엔 누가 오나?"

"글쎄? 뭐 들은 게 없는데? 근데 넌 어디로 가냐?"

"글쎄? 나도 뭐 들은 게 없는데?"

그 순간, 이원영의 눈이 좁혀졌다.

"설마……?"

"설마는 무슨 설마야. 그게 말이 된다고 생각하나?"

"그치? 나도 그렇게 생각해."

대한도 그렇게 생각했다.

하급부대 대대장하다가 진급해서 곧바로 상급부대 단장으로 가는 건 한 번도 들어 본 적이 없었으니까.

'현실적으로 불가능하지. 그런 타이밍은 나오지도 않을뿐더러 군에선 과거 몇몇 사건들로 인해 장교가 한 부대에 오래 머무는 걸 별로 좋아하지 않으니까.'

괜히 주기적으로 장교들 부대 이동을 시킬까?

이원영이 박희재에게 말했다.

"그나저나 누가 오든 대한이나 잘 봐줬으면 좋겠네."

"그러게나 말이다. 오면 잘 부탁해야지. 안 되면 겁이라도 좀 주고."

"네가 퍽이나 줄 수 있겠다. 그나저나 대한이 놔두고 다른 부대 갈 생각하니 벌써 아쉽네. 안 그러냐?"

"그러게나 말이다. 이렇게 일 잘하는 놈 만나는 게 좀처럼 쉬운 일이 아닌데. 안 그러냐, 대한아?"

"하핫, 감사합니다."

"감사는 무슨."

대한의 말에 피식 웃는 두 사람.

세 사람은 얼마 남지 않은 퇴근 시간까지 이런저런 이야기를 더 나누다 자리를 정리했다.

✳

그로부터 며칠 뒤, 박희재가 인사과 문을 열고 들어왔다.

대한은 박희재의 등장에 놀라며 자리에서 일어났다.

"충성! 근무 중 이상 무!"

"……대한아."

"중위 김대한?"

"이게 말이 되냐?"

"……?"

뭐지?

저게 무슨 말이지?

대한이 좀처럼 감을 잡지 못하자 박희재가 벌린 입술 그대로 말했다.

"단장 자리 내가 가는 것으로 됐다."

"......!"

실화였다.

Chapter 4

대한이 눈을 화등잔만 하게 키우며 물었다.

"……자, 잘 못 들었습니다?"

"……일단 원영이한테 다녀오마."

박희재도 정신이 없는지 일단 자신이 들은 사실을 알린 뒤 얼른 인사과를 벗어났다.

대한이 박희재가 사라진 문을 바라보는 것도 잠시, 옆에서 덩달아 놀라고 있는 남승수에게 물었다.

"……방금 대대장님이 단장으로 간다고 하신 거 맞죠?"

"저, 저도 그렇게 들었습니다."

"와…… 이게 진짜 되네……."

공병단장은 보통 대령에 갓 진급한 군인들이 오는 자리였다.

원래라면 박희재가 제일 적임자가 맞았다.

하지만 그는 현재 하급부대 대대장.

심지어 같은 주둔지를 사용하고 있었다.

그렇기에 절대 안 될 줄 알았다. 아니, 보통은 절대 안 됐다.

그러나.

'높으신 양반들이 괜찮다고 판단했나 보네.'

물론 고민을 많이 했을 것이다.

이런 자리는 즉흥적으로 결정하는 게 아니니까.

아마 결정이 늦게 난 것도 다 이런 이유 때문일 터.

그러나 어쨌든 결정이 났다.

생각이 여기까지 미치자 대한이 이내 피식 웃으며 자리에 앉
았다.

"담당관님."

"예, 말씀하십쇼."

"저 아무래도 사무실 옮겨야 할 것 같습니다."

"⋯⋯예?"

대한의 말에 남승수가 두 눈을 꿈뻑인다.

그러나 대한은 진심이었다.

✳

박희재의 다음 부대가 결정되고 한 달여 뒤.

로또부터
장군까지

단 연병장에서는 공병단장 이취임식이 진행되었다.

대한도 자연스럽게 내빈으로 참석했고 공병단의 부대기가 이원영에게서 박희재에게 이양되고 있었다.

대한이 두 사람을 향해 열렬한 박수를 쳐 주며 생각했다.

'대령이 훨씬 더 잘 어울리네.'

마지막으로 단 병력들의 열병이 이어졌고 대한은 행사가 끝남과 동시에 고종민과 함께 단 지휘 통제실로 향했다.

지휘 통제실에 도착한 고종민이 한숨을 크게 내쉬며 말했다.

"하…… 사회 보면서 오랜만에 긴장했다."

"하하, 군사 영어반 가서도 사회 실력 죽지 말라고 마련한 자리 같습니다."

"이제 내가 사회 볼 일 있겠냐? 그래도 마지막에 좋은 경험했다."

고종민은 대한과 이원영의 적극적인 지원으로 인해 군사 영어반에 합격한 상태였다.

그리고 조만간 보직을 다 끝내지 않고 군사 영어반으로 이동을 해야 하는 상황.

'군사 영어반을 끝내고 나선 인사 쪽으로 발을 안 들이겠지.'

대한이 원하는 건 그가 군수 쪽으로 성장하는 것이었지만 어찌 됐든 최종 선택은 고종민의 몫이었다.

'물론 고종민이 군수를 선택할 수밖에 없도록 압력을 가하긴 할 테지만.'

고종민이 다과를 세팅하던 대한에게 말했다.

"그래도 공석으로 떠나는 게 아니라 다행이야."

"그 자리가 어떤 자리인데 공석이 생기겠습니까? 그래도 중위급한테는 제일 좋은 자리 아닙니까."

"하하, 그나저나 업무 인수인계 진짜 필요 없어?"

"예, 필요 없습니다. 설마 잊으셨습니까? 선배님 힘들어할 때마다 누가 도와줬는지."

"큭큭, 설마 그걸 잊을까 봐."

단 인사장교 자리는 고종민이 떠남과 동시에 대한이 가기로 확정이 되었다.

후임 대대장이 불만을 가지긴 했지만 단장이 그렇게 하라는데 어쩌겠나.

그리고 박희재가 그렇게 무책임하게 떠날 양반이 아니었다.

'또 어디서 중위 하나를 주워 왔지.'

장교 계급 중 가장 당겨 오기 힘든 것이 바로 중위였다.

소위는 불가능했고 중위는 해당 부대에서 떠나려는 사람이 없었으니까.

하지만 박희재는 그걸 또 해냈다.

'물론 멀쩡한 놈은 아니지만.'

음주운전 사고로 보직해임을 당해 보충대에 있던 이름도 모르던 대한의 동기가 바로 그 주인공이었다.

대한이 후임 대대장에게 새로 올 인사과장에 대해 말했을 당시, 녀석의 자력을 들은 후임 대대장은 이마를 짚고 한숨을 푹 푹 내쉬었다.

그도 그럴 게 대대 음주 교육을 해야 하는 게 인사과장인데 정작 그 인사과장이 음주 운전을 해 버렸으니까.

그래서 후임 대대장을 달래느라 애를 좀 먹었다.

그때, 후임 대대장이 먼저 지휘 통제실로 들어왔다.

"충성!"

고종민이 그에게 경례했고 후임 대대장이 말했다.

"어, 준비는 다 됐어? 곧 들어오실 것 같다."

"예, 이제 막 세팅 끝났습니다."

후임 대대장은 같은 주둔지를 쓰는 탓에 박희재의 오른팔 역할까지 해야 했다.

잠시 후, 복도에서부터 수많은 발소리가 들려왔고 이내 이원영과 박희재가 지휘 통제실로 들어왔다.

대한이 차렷 자세로 박희재를 응시하며 미소를 지었고 박희재가 윙크로 화답하고는 말했다.

"자, 앉지."

단과 대대의 전 간부가 지휘 통제실에 모였다.

대한은 고종민 대신 인사장교 자리에 앉아 수첩을 펼쳤다.

박희재가 간부들의 얼굴을 살피며 말했다.

"내가 단장으로 올 줄 몰랐지?"

그의 말에 간부들이 웃음을 터트렸다.

그들의 웃음은 진심이었고 또한 다행의 웃음이기도 했다.

그도 그럴 게 모두 새로운 지휘관이 올 때면 지레 겁부터 먹고 긴장하기 마련이었으니까.

그런 와중에 박희재가 오게 되었으니 너무나도 다행스럽고 희소식이 아니겠는가.

'박희재는 군에서 보기 드문 좋은 사람이니까.'

그래서일까?

공병단에서 보직을 연장하고 싶어 하는 간부들이 줄을 섰다.

진급이나 교육으로 어쩔 수 없이 가야 하는 장교들을 제외하고는 거의 모든 사람이 원했다.

물론 그들 중 성공한 사람은 적었다.

대한을 포함해 3명이 전부.

나머지는 다시 새로운 간부들로 교체가 되어야 했다.

박희재가 이원영을 흘끔 보고는 말했다.

"다들 알다시피 내 지휘는 전임 단장과 크게 다르지 않다. 지금과 같은 부대를 유지할 수 있도록 최선을 다해 주고 힘든 일이 있다면 언제든지 단장실의 문을 열도록 해라. 알겠나?"

"예, 알겠습니다!"

"아, 그리고 대대에 있던 몇몇 간부들이 단으로 올라오는 바람에 평정 걱정이 있을 거라고 생각한다."

박희재는 취임식 날 이야깃거리치고는 꽤 무거운 주제를 건

드렸다.

그래도 언젠가는, 아니 최대한 빠르게 털어 내야 할 이야기.

대위급 간부들이 긴장한 표정으로 박희재를 바라봤고 이내 그의 입이 열렸다.

"걱정하는 놈들은 내가 공과 사도 구분 못 하는 놈이라고 생각하고 있다고 알겠다. 괜한 걱정하지 말고 하던 대로 열심히 해라. 절대 불만 없도록 공정하게 평가할 테니까."

역시 박희재였다.

그의 말에 긴장하고 있던 대위들이 모두 웃음을 터트렸다.

이내 웃음이 멈추자 박희재는 이원영에게 발언권을 넘겨주었고 이원영이 고개를 끄덕이며 자리에서 일어났다.

자리에서 일어난 이원영은 천천히 간부들의 얼굴을 바라봤다.

그러고는 나름의 격한 감정이 차오르는지 한동안 침묵을 지켰다.

이내 속을 진정시킨 이원영이 조심스럽게 말을 잇기 시작했다.

"매번 새로운 보직을 하는 게 익숙해졌다고 느꼈는데…… 단장이란 보직은 그런 익숙함이 무색해질 정도로 새롭고 정신없는 보직이었습니다. 그래도 여기 있는 간부들 덕분에 무사히 단장을 마칠 수 있게 되어 영광이고 제 군 생활에 있어 가장 즐거웠던 기억으로 남을 것 같습니다."

이원영은 존댓말로 간부들에 대한 존경을 표했다.

간부들도 뭉클했는지 조용히 이원영의 말을 경청했고 그가 천천히 말을 이었다.

"그리고 내 동기이자 가장 친한 친구인 박희재 대령의 지휘를 잘 따라 공병단에 있는 동안 저와 같은 기억을 가지고 갔으면 좋겠습니다. 이상입니다. 충성!"

이원영이 간부들을 향해 경례하자 간부들 모두 자세를 고쳐 잡았다.

박희재는 이원영을 잠시 바라보다 이내 박수를 치기 시작했다.

짝짝짝.

박희재의 박수에 다른 간부들 모두 이원영에게 뜨거운 박수를 보냈다.

박수를 받은 이원영이 웃으며 손을 내리고는 자리에 앉았다.

그러자 박희재가 웃으며 말했다.

"전임 단장이 좋은 기억을 가지고 가라고 했으니 꼭 가지고 갈 수 있도록 최선을 다하자. 알겠지?"

"예, 알겠습니다!"

"업무 보고는 미리 다 받았으니 됐고 그럼 천천히 일들 봐라."

박희재는 이런 자리를 오래 가져가지 않았다.

딱 할 말만 끝내고 종료를 해 버렸다.

그러나 간부들은 바로 방에서 나가지 않고 자리에서 일어나 이원영의 눈치를 살폈다.

그것을 본 대한이 이원영에게 잽싸게 말했다.

"단장님 가시기 전에 악수라도 하고 싶어 하는 것 같습니다."

"아, 참. 내가 정신이 없다 오늘."

그럴 만도 하지.

대한의 말에 간부들이 자연스럽게 열을 맞춰 섰고 이원영은 간부들과 일일이 악수하며 인사를 나누었다.

그 모습을 지켜보던 박희재가 대한을 불렀다.

"대한아."

"예, 단장님."

"……이야, 너한테 단장 소릴 들으니 굉장히 어색하네."

"금방 적응되실 겁니다."

"그렇겠지. 그보다 그 뭐냐, 좀 있다 대대서 올라오는 간부들 데리고 단장실 한번 들러라."

"예, 알겠습니다."

조금 전에 했던 이야기를 예방 차원에서 한 번 더 하려는 모양.

필요한 절차였다.

아까 미리 말은 했어도 대대에서 올라오는 간부들이 조금이라도 친한 티를 내면 다른 간부들은 괜히 불안해하니까.

대한은 단으로 올라오는 간부들에게 문자를 남겨 놓았다.

그리고 잠시 후, 악수를 마친 간부들이 지휘 통제실에서 나갔고 이원영도 그제서야 박희재 옆자리에 다시 앉았다.

"진짜 아쉽다."

"아쉬운 만큼 한빛부대 가서도 잘하면 되지. 혹시 아냐? 거기가 여기보다 더 좋을지."

"그랬으면 좋겠다만은 쉽진 않을 것 같다. 거기 가면 매일 긴장하며 살 텐데…… 대한아, 같이 안 갈래?"

이원영의 대한에 대한 영입 시도는 이번이 처음이 아니었다.

한빛부대로 간다고 발표가 난 다음 날부터 대한에게 매일같이 함께 가자고 꼬셔 댔었다.

처음엔 좀 흔들렸지만 넘어가진 않았다.

이원영의 영입 시도 이전에 더 높은 양반과 약속한 선약들이 있었으니까.

대한이 웃으며 답했다.

"저도 같이 가고 싶지만 내년에 무척 바쁠 예정이라 못 갈 것 같습니다."

그러자 박희재가 대한을 빤히 쳐다보며 말했다.

"대한아, 방금 뭐라고? 같이 가고 싶다고?"

"아……."

잠깐.

포지션이 너무 안 좋은데?

대한이 어색하게 웃으며 말했다.

"하하…… 같이 가고 싶은 마음도 아주 조금은 있습니다."

"말 잘해라. 나 서운하다?"

"하하, 제가 어디 가겠습니까. 단장님 모셔야죠."

그러자 이제는 이원영이 아쉬워했다.

"하, 내가 대신 먹어 준 욕이 얼만데…… 참 서운하다, 서운해."

"좀 더 열심히 욕먹어 주지 그랬냐?"

"……거기에 네 욕은 없었는 줄 아냐?"

"없었을 것 같은데?"

"어휴, 제일 친한 친구라고 했던 말 취소다."

이 양반들은 참 한결같구만.

대한이 속으로 고개를 젓던 순간, 때마침 대한이 호출한 두 간부가 지휘 통제실에 등장했다.

"충성!"

"어, 왔냐?"

박희재는 지휘 통제실에 남아 있던 인원들을 모두 데리고 단장실로 이동했다.

단장실에 도착한 박희재가 음료를 꺼내 나눠 주며 입을 열었다.

"내가 전 간부들한테 평정 이야기를 꺼낸 건 다 너희들 때문이라는 거 알지?"

"예, 알고 있습니다."

대한은 그 누구와 경쟁해도 이길 자신이 있었다.

하지만 남은 두 간부는 아니었다.

그도 그럴 것이 단은 대대와 다르게 대위 계급이 더 많은 것은 물론이고 실력 또한 출중했으니까.

박희재가 씩씩하게 대답하는 두 간부의 이름을 불렀다.

"정우진이, 이영훈이."

"대위 정우진!"

"대위 이영훈!"

"너희 둘 다 내가 평정 잘 챙겨 줘도 아무 말 안 나오도록 최선이 아닌 최고의 성과를 내. 알겠어?"

"예, 알겠습니다!"

소속을 바꿔 박희재의 밑에 남기로 한 간부.

그 두 사람은 다름 아닌 정우진과 이영훈이었다.

두 사람이 단으로 올라올 수 있는 이유는 충분했다.

마침 보직 이동 시기였기도 했고 박희재의 호출도 있었기에 수월하게 단으로 올라올 수 있었던 것.

그리고 무엇보다도 박희재는 이 둘의 평정을 제대로 챙겨 주고 싶었다.

'같이 비비고 산 시간이 얼만데 당연히 그럴 수밖에.'

그런 의미에서 가장 중요한 건 앞으로 두 사람이 낼 성과였다.

성과를 내면 당연히 좋은 평정을 받겠지만 이들에게 필요한 건 그 당연한 것 이상이었다.

그래야 박희재도 시원하게 챙겨 주고 두 사람도 욕을 안 먹을 수 있었으니까.

물론 여기서 대한은 제외였다.

만약 박희재가 대한의 평정을 챙겨 주지 않는다면 바로 어디 높은 곳에서 전화가 올 터.

대한은 이미 모두의 관심과 애정을 받는 슈퍼스타 중위였으니까.

박희재는 정우진과 이영훈에게 한 번 더 당부한 뒤 여유를 찾고 대화를 나누었다.

그렇게 떠들던 것도 잠시, 이원영이 떠나는 걸 배웅하러 주차장으로 이동했다.

차에 탑승한 이원영이 말했다.

"관사에 자주 놀러 올게."

"그래, 조심히 올라가고. 언제든지 놀러 와서 자고 가라."

이원영을 보내는 건 아주 간단했다.

그도 그럴 것이 조만간 다시 또 볼 것으로 확신했으니까.

'자주 놀러 오겠네.'

이젠 저번보다 더 편하게 올 수 있는 상황이 되었다.

그러니 그에게 이제 관사는 놀이터와 다름없는 곳.

대한은 밤에 불려 갈 준비를 해 놔야겠다고 생각했다.

그리고 다시 막사로 들어가는 길, 박희재가 대한에게 말했다.

"근데 넌 지원과장도 없는데 일이 좀 되겠냐?"

"호출당하기 전까지는 괜찮을 것 같습니다."

"그래, 조금만 고생해 줘라. 안 그래도 지원과장도 불러 놨으니까."

이게 무슨 말이야?

지원과장을 불렀다고?

지원과장은 그냥 알아서 오는 게 아닌가?

물론 대한은 본인이 직접 간부들을 당겨 와 본 적이 없었다.

하지만 인사과만 몇 년인데 알 건 다 알았다.

대한이 궁금한 기색이자 박희재가 재밌다는 듯 물었다.

"누가 올지 궁금하냐?"

"예, 그렇습니다."

"있어, 음주한 놈이랑 다르게 군 생활 빠삭하게 잘하는 놈으로다가."

"제가 아는 분입니까?"

"글쎄다."

뭐야, 왜 또 간을 보고 그래?

근데 뭐 안 알려 준다는데 어찌할까.

부하 된 도리로 미련을 버려야지.

박희재가 단장실에 들어가자 세 사람은 흡연장으로 향했다.

대한이 이영훈에게 말했다.

"한 부대에서 2차 중대장까지 한 번에 끝내셨습니다?"

"하하, 부럽냐?"

"예, 부럽습니다."

진심이었다.

대위 때 고생이란 고생은 다 하게 되는데 이영훈은 전혀 고생하지 않고 있었으니까.

'내 대위였을 때를 생각하면……'

으으, 생각만 해도 소름이 돋는다.

두 사람의 대화를 듣던 정우진이 피식 웃으며 말했다.

"대한이 네가 왜 부러워해? 넌 더 편하게 군 생활할 건데."

"그렇습니까?"

"그렇겠지. 좋게 생각해 주시는 분들 많잖아. 그리고 정 힘들다 싶으면 나한테 말해. 나도 도와줄 테니."

"하하, 말씀만 들어도 든든합니다."

"그나저나 지원과장님으로 누가 오신다는 거지? 현 소령님이 가시는 거 아닌가?"

전생의 지원과장은 현정국이 맞았다.

하지만 현재 현정국은 사단으로 가기 전, 박희재가 육군대학에 가라고 한 상황이었다.

대한이 현정국의 상황을 설명했다.

"대대장님께서 현 소령님한테 단기과정에 들어가라고 말씀하신 상태입니다. 아마 내년 초에 바로 부대 이동하실 겁니다."

"흠, 작전장교야 누가 가도 갈 테니까 걱정할 필요는 없고…… 그럼 대대장님이랑 인연이 있었던 분이 지원과장으로 오시려는가 보다."

"일단 오시면 빠르게 파악한 뒤에 말씀드리겠습니다."

"그래, 믿고 있으마."

세 사람의 팀워크는 더욱 돈독해졌다.

정우진과 이영훈은 흡연을 마치고 단 막사로 향했고 대한은 대대 쪽으로 몸을 돌렸다.

이영훈이 대한을 불렀다.

"넌 어디 가냐?"

"저 아직 대대 인사과장입니다? 고 중위가 가야 올라갑니다."

"아…… 잘 가라."

"하하, 예. 고생하십쇼!"

대한은 대대 인사과로 복귀해 업무 인수인계 자료를 정리했다.

✳

그로부터 2주 뒤.

고종민이 군사 영어반으로 떠나고 대한이 그 자리로 이동했다.

인사행정담당관이 대한을 반겼다.

"환영합니다, 김 중위님!"

"하하, 감사합니다."

"이야, 일 잘하는 분이 연속으로 오셔서 참 든든합니다."

오, 여기서 고종민이 일 잘한다는 평가를 받았구나.

그래서일까?

여기서도 부사관과의 관계는 걱정할 필요가 없을 것 같았다.

'고종민이랑 비교하는 건 내 자존심이 허락하지 않지.'

인사장교의 업무를 도와준 게 몇 건인가.

사실 대대 인사과장의 업무보다 인사장교 업무가 더 편했다.

하는 일이야 거기서 거기였지만 전생에 야근을 여기서 훨씬 더 많이 했었으니까.

'익숙한 곳이야.'

대한은 곧장 본인의 자리에 앉아 컴퓨터 파일을 정리해 나갔다.

고종민이 인사 업무를 대한에게 배웠기에 따로 신경 쓸 부분은 없었다.

공문과 일정을 모두 확인한 대한이 곧장 정작과장을 찾아갔다.

그러고는 업무 보고를 간단하게 한 후 지침을 받았고 복귀하자마자 일을 처리하기 시작했다.

그날 오후.

정작과장의 지침을 받았던 업무를 완료한 뒤 정작과장에게 보고했고 그는 대한의 일 처리에 놀라워하며 말했다.

"버, 벌써 끝냈어?"

"예, 내일 오전에 병력들 교육 간단하게 하고 오후에 병력 관련 심의 하나 하면 올해 해야 할 건 모두 마무리입니다. 단장님 계획에 반영 부탁드리겠습니다."

대한의 놀라운 일 처리에 정작과장이 함박웃음을 지으며 말했다.

"이야…… 맨날 소문으로만 듣다가 직접 일하는 걸 보니 기가 막히는구만?"

"하하, 단장님께 피해 안 드리기 위해서 최선을 다할 뿐입니다."

"그래, 자세도 완벽하다."

정작과장은 새로 온 대한을 업무적으로 건드릴 필요가 없다고 확신했다.

✳

지원과에서 인사장교로 업무를 본 지도 한 달.

지원과장이 공석이었기에 이때까지 결재 문서들은 모두 대한이 박희재에게 직접 결재를 올리고 있었다.

인사장교 직책을 맡고 있지만 사실상 지원과장인 셈이나 마찬가지.

하지만 그럼에도 슬슬 지원과장이 필요할 때가 되었다.

'조만간 부대 비워야 하는데 나까지 없으면 큰일이란 말이지.'

대대에서는 자리를 비워도 큰 상관이 있는 건 아니었다.

어차피 일 처리를 맡길 수 있는 남승수도 있었고 그가 처리 못하는 것이라면 상급부대인 단에서 처리를 해 주었으니까.

하지만 지금은 대대에서 올라오는 각종 자료들을 모두 종합하는 위치에 있었다.

누가 대신할 수 있는 자리가 아니었다.

대한이 달력을 보며 고민에 잠겼다.

그러다 자리에서 일어나 박희재에게 향했다.

"충성!"

"왜? 아까 올린 결재 다 처리했는데."

대한이 한 달간 올린 결재는 대대에서 올린 육 개월치 결재보다 훨씬 더 많았다.

그래서 박희재는 죽을 맛이었다.

단장이 돼도 여유로운 군 생활을 즐기고 싶었는데 대한의 결재는 물론이요, 참모들까지 수시로 찾아와 들들 볶아 대니 이젠 누가 오기만 하면 결재했다는 소리부터 튀어나왔다.

그의 대답에 대한이 미소 지으며 말했다.

"하하, 결재 때문에 온 건 아닙니다."

"하, 그래?"

박희재가 의자에 몸을 파묻으며 말했다.

"아니, 원영이 그놈은 일이 이렇게 많은데 어떻게 그리 여유를 부릴 수 있었던 거지? 결재 처리할 게 한두 개가 아닌데?"

"아직 한 달밖에 안 되셔서 그런 거 아니겠습니까. 연말, 연초라 더 결재할 게 많은 것도 있을 겁니다."

"어휴, 그런가. 그럼 다행이다만……."

하지만 그의 바람이 이루어지는 일은 없을 것이다.

대한의 기억이 맞다면 조만간 협조 공문이 쏟아질 예정이었으니까.

'전생을 돌이켜 보면 올해만큼 바빴던 해도 없었지.'

박희재가 물었다.

"뭐야, 결재 때문이 아니면 왜 왔어?"

"그게…… 실은 여쭤볼 게 있어서 왔습니다."

"뭔데?"

"그…… 혹시 지원과장은 언제 오는지 알고 계십니까?"

"비밀이야."

"……잘 못 들었습니다?"

"크큭, 미리 알려 주면 재미없잖아. 그래도 조금만 기다려라, 곧 올 테니. 근데 많이 힘드냐?"

"아, 힘들어서 그러는 건 아닙니다."

"그럼? 할 만하다고?"

"예, 할 만합니다."

박희재가 대한을 놀란 눈으로 바라봤다.

"미친놈, 하루에 결재를 몇 개씩 보내는데 할 만하다고 하는 놈은 또 처음 보네."

"인사 업무들 자체가 머리를 많이 써야 하는 건 아니지 않습니까. 종합만 잘해 놓으면 금방 합니다."

"그 종합하는 게 힘들어서 인사를 싫어했던 것 같은데……."

희망 인원 종합, 대상 인원 종합.

각종 종합들이 인사 업무의 가장 힘든 점이라고 하는 군인들이 많았다.

그런 의미에서 전생의 대한 또한 종합을 가장 싫어했었다.

하지만 이 또한 잘해 낼 방법이 있었다.

'아침과 저녁에 하면 된다.'

병사들을 대상으로 하는 종합 같은 경우는 절대 일과 중에 할 수 없었다.

그도 그럴 것이 일과 중에는 간부들에게 다 끌려가 뿔뿔이 흩어져 있었으니까.

미리 종합할 걸 확인하고 아침, 저녁에 잠깐만 뛰어다니면 금방 종합이 끝난다.

대한이 본인의 노하우를 설명하자 박희재가 미간을 좁히며 고개를 기울였다.

"확실히 그렇게 하면 편리할 것 같긴 하다만…… 근데 그렇게 하면 일찍 출근하고 늦게 퇴근하는 게 전제로 깔려야 하는 거 아니냐?"

"그렇긴 합니다."

"얘가 포인트를 못 잡네. 그게 힘든 거라니까?"

"아, 그렇습니까?"

대한이 공감 못 한다는 표정을 짓자 박희재가 몸을 앞으로 숙이며 말했다.

"너 설마 혹시 대대 인사과장들한테도 그렇게 시키냐?"

"아닙니다. 하급부대에 전달할 때는 마감 기한을 6시간 정도 일찍 정해서 보내고 있습니다."

"혹시 늦으면 전화도 하냐?"

"다 보낼 때까지 전화합니다."

"……내가 네 상급자라 다행이다."

"근데 진짜 말씀 안 해 주실 겁니까?"

"비밀이다, 이놈아."

"아쉽습니다."

결국 대한은 지원과장의 의문을 풀지 못한 채 단장실에서 나올 수밖에 없었다.

✳

며칠 뒤.

아침 일찍 출근한 대한은 불 켜진 지원과를 보고 눈을 키웠다.

'어제 불 안 끄고 나갔나?'

이런 기초적인 실수를 하다니.

근데 내가 불을 안 꺼도 당직 근무자들이 봤다면 껐을 텐데?

그리 생각하며 지원과 문을 연 순간이었다.

"……어?"

문을 열자 일순간 대한의 시간이 정지했다.

마치 귀신이라도 본 표정.

대한은 온몸에 소름이 돋았다.

그때, 대한의 시선 끝에 있는 남자가 너털웃음을 터뜨렸다.

"하하! 자식아, 오랜만에 봤는데 경례도 안 하냐?"

"……과장님이 왜 여기 계십니까?"

귀신…… 아니, 대한의 시선 끝에 서 있는 남자는 다름 아닌 여진수였다.

잘못 본 게 아니었다.

분명 작전사에 있어야 할 그는 보란 듯이 지원과장 자리에 앉아 있었다.

'뭐지? 아직 부대안전진단은 멀었는데?'

그때, 대한의 반응을 본 여진수가 다시 한번 웃음을 터뜨렸다.

"지원과장이 지원과에 있는데 뭐가 문제냐?"

"자, 잘 못 들었습다?"

"네가 들은 게 맞아. 내가 단 지원과장이다."

"……!"

대한의 눈이 화등잔만 하게 커졌다.

몰래카메라 같은 게 아니었다.

실화였다.

다른 사람도 아니라 이 양반이 오다니.

대한은 전율했다.

이로써 대대의 에이스들이 다시 한번 박희재의 밑으로 모인 것이다.

그래서일까?

대한은 자기도 모르게 함박웃음을 지으며 여진수에게 다가 갔고 둘은 자연스럽게 포옹했다.

"담배?"

"좋습니다."

그리고 자연스럽게 이어지는 흡연 타임.

여진수가 미소를 숨기지 않으며 말했다.

"크…… 감회가 새롭네, 네가 이젠 내 부하가 다 되고. 말 잘 들어라. 대대에 있을 때랑은 아예 다를 테니까."

"하하, 제가 언제 말 안 들어서 속 썩힌 적 있습니까, 과장님 이 지시하시는 거라면 어떤 것이든 간에 수행하겠습니다."

"부당한 지시를 해도?"

"이미 과장님한테는 수많은 부당 지시를 받았지 않습니까?"

"얼레? 내가 언제?"

"원래 가해자는 기억 못 하는 법입니다."

"이 자식이?"

두 사람의 대화에서 웃음이 끊이지 않는다.

좋다.

그래, 이게 바로 군 생활이지.

한참을 웃고 떠들던 중 대한이 물었다.

"근데 과장님."

"왜?"

"과장님 오신 건 너무 기쁘지만 보직 이렇게 짧게 하고 이동해도 됩니까?"

"왜? 팀장님이 뭐라고 했을까봐?"

"예, 그렇습니다. 좀 걱정됩니다."

"팀장님 그런 분 아니야. 단장님이 직접 팀장님께 전화하셨는데 바로 데리고 가라고 하셨대. 진단 팀은 좋은 자리 날 때까지 데리고만 있을 생각이셨다더라."

"이야…… 그래도 사람 또 구하셔야 할 텐데 결정을 쉽게 해 주셨구나."

"야, 그런 걱정 할 필요가 없더라. 거긴 애초에 대기자가 많아. 팀장님이 군 생활을 잘하셨어 가지고 따르는 후배들이 많더라고."

"아, 그럼 다행입니다. 근데 또 다른 관점에서 생각해 보면 군대 진급이 참 어려운 것 같습니다. 그런 분이 장군을 다셔야 하는데 말입니다."

여진수가 대한의 말에 피식 웃으며 말했다.

"나도 처음엔 그렇게 생각했거든? 그래서 회식 때 살짝 물어봤는데 오히려 자진해서 장군 포기하신 거라더라."

"자진해서 말입니까?"

"엉, 군 생활 오래하고 싶다고 일부러 포기하셨대."

"이야⋯⋯."

대단한 양반인데?

근데 목표가 군 생활을 오래하는 거면 이해가 되기도 했다.

장교들끼리 하는 말로 대령까진 정규직이지만 장군은 계약직이라는 말이 있으니까.

실제로 장군은 계약직에 가깝긴 했다.

기업 임원처럼 말이다.

'어쩌면 대령으로 오래 남아 있는 게 더 안정적이긴 하지.'

가정을 이룬 가장이라면 그게 더 나으니까.

물론 이건 어디까지나 건너로 들은 이야기니 완전히 믿진 않는다.

군대가 아무리 비효율적인 집단이라도 바보는 아니기에 그런 인재를 그냥 썩혀 둘 리가 없으니까.

대한이 고개를 끄덕이며 답했다.

"근데 그것도 참 좋은 방법인 것 같습니다."

로또부터
장군까지

"그치? 그런 의미에서 난 진단 팀장님을 롤 모델로 삼기로 했다."

"좀 어울리시는 것 같습니다."

"뭐야? 난 장군은 안 어울린단 얘기냐?"

"아휴, 오자마자 또 시작이십니까? 그나저나 대대 중대장들도 단으로 올라오신 거 알고 계십니까?"

"알지. 공병단 소식은 매일 확인했다."

"중대에도 몰래 올라가실 겁니까? 아니시면 여기로 부르겠습니다."

어떻게 결성된 어벤저스인데 박희재의 아이들 모임 한번 해야 하지 않겠나.

여진수가 고개를 끄덕이며 답했다.

"그래, 그러자. 중대에 숨는 건 좀 별로인 것 같고 이쪽으로 불러."

"예, 알겠습니다."

대한은 두 사람에게 연락해 지원과로 불렀고 두 사람도 지원과로 이동해 두 사람 맞을 준비를 했다.

그러던 중 여진수가 물었다.

"근데 지원과장은 왜 그렇게 찾았냐? 일이 힘들더냐?"

"아, 업무적으로 힘들어서 찾았던 건 아닙니다. 제가 곧 자리를 비워야 할 것 같아서 저 대신 지원과를 지킬 사람이 필요했습니다."

그 말에 여진수의 고개가 돌아가며 동시에 미간이 좁혀졌다.

"……아니, 그러니까 네 말대로면 업무 도와줄 사람이 아니라 중위 빈자리를 지켜줄 소령이 필요했다는 거네?"

"너무 직관적으로 해석하시면 그렇긴 합니다."

"어이가 없네…… 뭐 얼마나 비우길래?"

"확실한 건 모르겠습니다만 일단 10월 초까지는 자주 자리를 비울 것 같습니다."

"……지금 1월인 건 알고 있지?"

"예, 알고 있습니다."

"그럼 최소 6개월이 가뿐히 넘어가는데 너 어디 뭐 파견이라도 예정되어 있냐?"

"이걸 파견이라 해야 하나……? 정확히 어떤 형태로 갈진 아직 모르겠습니다. 저도 연락을 받아 봐야 아는 거라."

두루뭉술한 대답.

여진수가 잠시 생각을 하고는 물었다.

"혹시 세계군인체육대회?"

"예, 그렇습니다."

"아, 그건 가야지."

세계군인체육대회라는 말에 여진수가 대번에 고개를 끄덕인다.

대한을 찾는 이가 누군지 여진수도 잘 알고 있었으니까.

그쯤 정우진과 이영훈이 지원과에 도착했고 지원과가 시끌

벅적해졌다.

다들 예상하지 못한 발령이었기에 분위기는 화기애애했고 그렇게 대화가 이어지던 중 별안간 대한의 휴대폰이 울렸다.

그런데.

"어어!"

발신자를 확인한 대한의 눈이 휘둥그레 커졌고 얼른 모두에게 발신자를 보여 준 후 전화를 받았다.

"충성! 중위 김대한, 전화 받았습니다!"

─어, 잘 지냈나?

"예, 그렇습니다. 차장님께서는 잘 지내셨습니까?"

대한의 대답에 함께 있던 세 사람의 눈이 동그랗게 커진다.

그도 그럴 것이 군에서 차장이라 불릴 사람은 몇 없었으니까.

그리고 대한이 그 직책을 부를 만한 사람은 육군참모차장뿐.

김현식이 대한의 물음에 웃음을 터트리며 말했다.

─하하, 잘 못 지냈으면 도와줄 거냐?

"제가 도울 수 있는 것이라면 무엇이든 최선을 다해 도움을 드려 보겠습니다."

─약속한 거다?

약속이란 말에 대한은 마른 침을 삼켰다.

농담으로 던진 말이겠지만 말이 씨가 된다고 특히 높은 사람과의 약속은 항상 긴장된다.

그러나 다른 사람도 아니고 육군참모차장에게 하는 말.

대한은 일말의 고민도 없이 바로 대답했다.

"예, 약속드리겠습니다!"

─그럼 슬슬 파견 준비 좀 부탁해도 되겠나?

역시.

그것 때문에 전화한 거구만?

대한이 자신감 있게 대답했다.

"세계군인체육대회 건이라면 이미 준비되어 있습니다."

그래서일까?

김현식이 놀라며 물었다.

─응? 언제 준비하란 말을 한 적이 없는 것 같은데?

"따로 말씀해 주신 게 없으셔서 미리 준비 중이었습니다. 지금 당장 출발도 가능합니다."

─하하! 중위라 그런가 패기가 좋구나. 마음에 들긴 하다만…… 그래도 지휘관한테 보고하고 당장 하던 업무도 마무리한 뒤에 와야지.

"지휘관에게는 이미 보고가 끝난 상황이고 언제든 연락받으면 출발하라고 지침을 받아 놨습니다. 그리고 업무도 이미 한달 치 업무가 끝나 있는 상황입니다."

─그, 그래? 이번 건은 공병단장한테 따로 연락해 주려 했는데, 허허…….

"단장이 차장님 연락받으면 바로 가라고 했습니다."

－이원영이 다른 부대 가는 바람에 네가 오기 곤란할까 걱정했건만 이번 단장한테도 잘하고 있나 보구나?

"예, 전에 모셨던 대대장이 지금 단장 하는 중입니다."

－엥? 그게 가능해?

"예, 그렇게 됐습니다."

이건 육군참모차장도 신기한 상황.

그만큼 드문 일이었으니까.

김현식이 피식 웃으며 말했다.

－그럼 공문만 보내 주면 되겠구나.

"예, 바로 처리하고 출발하겠습니다."

－벌써부터 일처리가 부드러운 게 예감이 좋은걸? 알겠다, 기대하마.

김현식이 전화를 끊자 대한이 조용히 한숨을 내쉬었다.

그러자 여진수가 대한에게 물었다.

"참모차장님?"

"예, 바로 문경으로 가 봐야 할 것 같습니다."

"진짜 부르시는구만…… 뭐 도와줄 거 있나?"

"음…… 현장을 봐야 알겠지만 아마 이번엔 부대 전체가 도와야 할 것 같습니다."

"무슨 말이야? 부대 전체가 도와야 한다니?"

"행정은 별로 할 게 없어 걱정이 없지만 대신 이번 건은 일손이 많이 필요하지 않겠습니까?"

전생에는 대회를 코앞에 둔 여름에 급하게 지원을 나갔다.

하루가 시급한 상황이었기에 모두들 체력과 정신을 갈아 넣을 수밖에 없었는데 대한은 그때의 악몽을 똑똑히 기억했다.

'이번엔 그럴 일이 없도록 미리미리 대비를 해야지.'

목에 칼 들어오듯 처리하는 업무는 누구나 사양이다.

전생보다 훨씬 빨리 문경에 가서 준비를 하게 되었으니 어떻게든 여유를 만들어야 할 터.

여진수가 고개를 끄덕이며 답했다.

"하긴, 규모가 규모인지라 일손이 항상 부족하겠지."

"그래도 최대한 제 선에서 해결해 보겠습니다만 정말 필요한 상황이 오면 도움 요청드리겠습니다."

"그건 걱정하지 말고 언제든 SOS 쳐라 다른 사람도 아니고 참모차장님이 시키는 건데 바로 날아가야지."

여진수의 말에 정우진과 이영훈도 고개를 끄덕였다.

"그래, 그런 일하려고 있는 게 공병인데."

"그래도 최대한 네 선에서 처리해 줘, 대한아."

웃으면서 말하는 이영훈.

하여간에 저 양반은.

그래도 참 든든했다.

다른 사람도 아니고 에이스 세 명의 지원사격을 보험으로 깔아 두었으니까.

그때, 이영훈이 이어서 말했다.

"근데 너 가면 마음 단단히 먹어야 할 거다."

"뭐 때문에 그러십니까?"

"공병단에만 있어서 잘 모를 텐데 밖에 나가서 다른 병과들 만나면 공병이 무시를 좀 받아. 그러니 미리 알고 있으라고."

그 말에 정우진도 고개를 끄덕이며 말했다.

"사단에서 군 생활을 시작한 동기들은 그러려니 하던데 공병단에서 군 생활을 시작한 동기들은 당황하긴 하더라."

"그렇습니까?"

사실 대한도 안다.

이때까지 해 왔던 군 생활을 다 합하면 여진수보다도 더 많았으니 모를 리가 있을까.

그렇기에 저들이 걱정하는 게 무엇인지 그 누구보다도 잘 알았다.

대한이 피식 웃으며 말했다.

"알겠습니다. 하지만 만약 누가 공병을 무시하면 제가 제대로 기강 잡아 놓겠습니다."

그 말에 세 사람이 빵 터졌다.

다른 사람도 아니고 대한이 자신했으니까.

물론 대한도 빈말로 한 말은 아니었다.

지금은 다른 것도 아니고 육군참모차장의 명령으로 가는 것.

병과를 떠나 지휘체계상 계급으로 압도할 수 있었다.

'원님 덕에 나팔 분다고 이 기회에 권력의 맛을 좀 느껴 봐야

겠군.'

여진수가 웃으며 말했다.

"공병 중위 중에 이상한 놈 있다고 소문나겠구만. 그나저나 파견 기간이 얼마나 되는데?"

"음…… 그건 저도 확실히는 모르겠습니다."

"……설마 대회 폐막식 때까지 있는 건 아니겠지?"

여진수가 불안한 표정을 짓는다.

그 표정을 보고 있으니 대한도 문득 불안함이 밀려왔다.

'설마 파견 기간을 그렇게 길게 두겠어?'

열 달에 가까운 파견이었다.

이 정도면 부대를 옮기는 것이 훨씬 나을 터.

지원과에 모인 이들은 설마설마 하면서 흡연장에 다녀왔다.

정우진과 이영훈이 중대로 복귀하고 대한은 자리에 앉아 공문이 오기만을 기다렸다.

그러기를 몇 분.

공문을 확인한 대한이 여진수를 조용히 불렀다.

"저…… 과장님?"

"어, 왜."

"설마가 현실이 되었습니다."

"……농담하지 마."

"제가 어디 과장님이랑 농담할 군번입니까?"

"……진짜 폐막식까지 파견이라고?"

"예, 그렇습니다."

여진수가 자리에서 천천히 일어나더니 대한을 빤히 바라보며 말했다.

"……그럼 내가 인사장교 일까지 내가 다 해야 해?"

그 물음에 대한이 조용히 고개를 끄덕인다.

✳

다음 날 아침.

대한은 부대로 출근하는 것이 아니라 문경으로 차를 몰았다.

어제 퇴근까지만 해도 여진수가 격하게 반대를 했지만 대한이 금요일마다 복귀해서 업무를 본다고 조율을 한 결과, 바로 출발할 수 있었다.

'이래서 말조심을 해야 해.'

설마 폐막식까지 있을까 했더니 사실이 될 줄이야.

덕분에 여진수만 죽어 나가게 생겼다.

근데 뭐 어쩌겠나.

이것 또한 자기 복인 것을.

하지만 여진수의 고생과는 별개로 대한 또한 별로 문경에 오래 있고 싶진 않았다.

긴 파견을 좋아할 군인은 그 어디에도 없을 테니.

공문에 나와 있는 주소에 도착한 뒤 휴대폰을 꺼내 전달받은 번호로 연락했다.

"충성! 중위 김대한입니다."

―어, 도착했어?

"예, 그렇습니다. 주차장인데 어디로 가면 되겠습니까?"

―거기 잠시만 기다려. 금방 내려간다.

전화를 끊고 잠시 후, 전투복을 입은 남자가 대한에게 다가
왔다.

대한이 그를 향해 경례했다.

"충성!"

"어, 충성. 반갑다. 지원과장이다."

경북 문경 세계군인체육대회 조직위원회의 지원과장 소령
박찬희.

여진수와 같은 직책명이었지만 하는 일은 달랐다.

그는 민관군이 합동으로 진행하는 세계적인 대회를 준비하
는 조직위원회에서 군을 대표하는 실무자였다.

'대표하기엔 계급은 낮아도 소속이 좋다.'

미리 확인해 본 결과, 육사 출신 국방부 소속 소령이었다.

그 말인즉, 실력은 물론 라인도 좋다는 말.

박찬희가 대한에게 악수를 건넨 후 물었다.

"축구대회 네가 다 했다며?"

"제가 다 한 건 아닙니다. 주변에서 많이 도와주셨습니다."

"하하, 다 듣고 물어본 건데 겸손은…… 그리고 중위가 여기

에 올 것 같으면 그 정도 대회는 혼자 할 정도는 되어야지. 안 그러냐?"

누구한테 들었는지 모르겠지만 어쨌든 긍정적으로 봐주는 것 같았다.

그래서 미소를 지으며 답했다.

"좋게 봐주셔서 항상 감사하게 생각 중입니다."

"그래, 기대 많이 하고 있다."

박찬희가 대한의 어깨를 두드려주고는 그대로 회의장으로 이끌었다.

"회의 중에 나온 거라 조용히 들어가자."

"저도 참석합니까?"

"어차피 들어와야 할 텐데 미리 들어와서 얼굴 익히면 좋잖아? 그리고 대충 돌아가는 분위기 파악해 봐. 여긴 군대랑은 많이 달라."

군대랑 다르다……

대충 어떤 느낌인지 알 것 같았다.

대한이 조용히 고개를 끄덕이자 박찬희가 피식 웃으며 말했다.

"뭘 안다고 끄덕거리냐? 귀여운 놈일세."

"하하……"

대한은 어색하게 웃으며 그를 따라 회의장으로 들어갔다.

회의장에 들어가자 수십 개의 눈이 대한을 향했다.

대한이 조용히 목례를 하며 박찬희의 옆자리에 앉았고 천천히 주변을 둘러보았다.

분위기는 그리 좋지 않았다.

20명의 사람들이 자리에 앉아 한숨을 푹푹 내쉬고 있었으니까.

마치 큰 훈련을 앞둔 군부대의 회의를 보는 것 같았다.

근데…….

'왜 다들 우릴 보고 있는 거야?'

기분 탓이 아니었다.

모두들 대한과 박찬희를 보고 있었는데 박찬희는 원래 있던 사람이니 그렇다 쳐도 그럼 나 때문에 한숨을 쉬는 건가?

'어린 애가 들어와서 그런가 보네.'

나름대로 합리적인 추론.

희의장 안에 있는 사람들의 평균 연령은 최소 50대로 소령인 박찬희도 아들 뻘이었으니까.

눈치 보던 대한이 조용히 박찬희에게 물었다.

"과장님, 제가 인사라도 제대로 드려야 하는 거 아닙니까?"

"그것 때문에 저러는 거 아니니까 그냥 가만히 있어도 돼."

하지만 그러기엔 분위기가 너무 불편한데요?

대한은 잠시 고민하다 그냥 웃고 있기로 했다.

웃는 얼굴에 침 못 뱉는댔으니까.

분명 그렇게 생각했다.

누군가 대한의 미소를 보고 딴지를 걸기 전까진.

"아니, 지원과장. 국방부 사람 데리고 오라니까 저런 애를 데리고 오면 어떻게 합니까?"

역시 나 때문이 맞았군.

박찬희가 기계적인 미소를 지으며 답했다.

"어리긴 하지만 국방부에서 보낸 인원 맞습니다."

"하…… 진짜 이러실 겁니까?"

쾅!

얼레?

이젠 책상까지 치네?

그는 정말 화가 났는지 책상까지 치며 언성을 높였고 그 모습에 옆에 있던 이가 그를 말렸다.

"위원장님. 조금만 진정하세요."

아, 위원장이었어?

근데 왜 저렇게 화가 난 거지?

그러자 위원장이 씩씩거리며 대답했다.

"지금 진정하게 생겼어? 힘들게 받아 온 예산을 국방부가 못 쓰게 막았으면 대안이라도 가지고 와야 할 거 아냐! 근데 저런 어린놈이 대안이라고? 우릴 무시하는 거야 뭐야!"

음.

그런 사연이 있었구만.

물론 아직 깊은 상황까진 못 들었지만 위원장의 말에 상황이 대충 파악은 됐다.

그도 그럴 게 위원장의 말에 전생의 기억이 떠올랐으니까.

'뭐라도 해야겠군.'

오자마자 나설 생각은 없었지만 상황이 상황이다 보니 마냥 손 놓고 있을 수만은 없었다.

난 여기 놀러온 게 아니었으니까.

그렇기에 조심스럽게 손을 들었다.

그러자 위원장은 물론 회의장의 모든 이들이 대한을 바라봤다.

대한은 본인에게 시선이 집중된 걸 확인하고는 자리에서 일어나 말했다.

"처음 뵙겠습니다. 김대한 중위라고 합니다."

그러자 박찬희가 당황한 표정으로 대한을 잡아당겼다.

"무, 뭐 해? 앉아."

"아닙니다, 국방부에서 왔는데 원하시는 대로 대안을 제시해 드려야 하지 않겠습니까."

"……무슨?"

"음, 일단 들어 주십쇼."

일단 들어 달란 말에 박찬희의 표정이 시시각각으로 바뀐다.

그러더니 이내 귓속말하며 조용히 말했다.

"……너 여기서 말 잘해야 한다. 네가 한 말이 군의 입장이 되면 진짜 머리 아파져. 기사 나가는 거 순식간이야."

"기사가 나가면 더 좋은 일입니다."

"뭐?"

"일단 제가 분위기 수습해 보겠습니다."

"하…… 자신 있냐?"

"예, 어떻게든 해 보겠습니다."

"……알겠다. 참모차장님께서 무조건 믿어 보라고 해서 이번은 가만히 있겠는데 다음부터는 사전에 이야기하고 행동해라."

흠.

도와준다는데도 상급자 노릇을 하려고 하네.

물론 계급으로는 상급자가 맞았다.

하지만 박찬희의 명령을 따라야 할 의무는 없었다.

파견지에서 대한의 직속상관은 김현식이었으니까.

그렇기에 대한은 수긍 대신 선을 그었다.

"참모차장님께서 자율적으로 행동하라고 하셨습니다."

"……뭐?"

"공문에 제 직책 기억하십니까?"

공문 이야기에 박찬희의 눈이 잠시 좁혀졌다.

그러다 이내 다시 커졌다.

그도 그럴 게 이곳에서 대한의 직책은…….

"……대회 지원팀장."

그 대답에 대한이 고개를 끄덕였다.

"저도 과장님과 같은 장입니다. 책임은 제가 다 지겠습니다."

공문이 내려왔을 때 대한은 굉장히 만족했다.

그도 그럴 게 이번 체육대회를 위해 김현식은 대한에게 지휘관을 따로 마련해 준 것과 다름없었으니까.

물론 박찬희는 완전히 받아들이지 못했지만.

박찬희가 말했다.

"네가 무슨 책임…… 후, 일단 알겠다."

박찬희가 대한을 흘겨보고는 자리에 앉았다.

어디 한번 해 봐라는 것이겠지.

위원장은 박찬희의 표정을 보고는 어이없다는 듯 말했다.

"뭐야, 설마 소령이 중위가 손 들 줄 몰랐던 거야? 쯧쯧, 군대 돌아가는 꼬라지 봐라. 이게 군대야? 당나라 군대지."

어라?

화난 건 알겠는데 워딩이 좀 세네?

그러나 같이 흥분하면 안 되지.

대한이 차분하게 말했다.

"지원과장과 대회 지원팀장 간 소통이 부족해서 잠시 소통을 했던 것뿐입니다."

"대회 지원팀장? 그게 누군데."

"접니다. 그러니 회의에 들어온 것 아니겠습니까."

위원장이 대한을 빤히 쳐다보고는 한숨을 푹 내쉬었다.

"하, 저런 어린놈을 팀장으로 앉혀서 책임지게 하려는 건가? 군대가 고이다 못해 썩어 가는구나."

대한이 그의 말에 미간을 살짝 찌푸리며 말했다.

"고인 건 인정하겠지만 아직 썩진 않았습니다. 그나저나 제 나이나 군대 문제를 이야기 하려고 모인 건 아닌 것 같은데…… 예산 이야기 안 하십니까?"

"하, 그래도 팔은 안으로 굽는다고 편들기는…… 그래, 예산 이야기해 보자. 어떻게 할 건데?"

끝까지 반말이네.

대한은 말투 문제를 언급하려다 그냥 한번 참기로 했다.

여기서 나까지 불붙으면 그땐 정말 답이 없으니까.

대한이 한숨을 푹 내쉬며 말을 이었다.

"결론부터 바로 말씀드리겠습니다. 민간에 투자를 받아 예산을 메꾸고 마케팅을 잘하면 됩니다."

대한의 말을 듣자마자 회의장에 있던 모든 이들이 동시에 부정적인 반응을 보였다.

혀를 차거나 고개를 내젓는 건 기본이었다.

물론 이런 반응을 예상하긴 했지만 이 정도일 줄이야.

'어이가 없네. 결국 본인들이 했던 것들을 말해 주는 건데.'

없던 일을 지어낸 것이 아니었다.

여기 회의장에서 나왔을 이야기를 미리 해 준 건데 이런 반응들이라니.

설마 여기서 나온 아이디어가 아닌가?

그렇다면 이해가 됐다.

그도 그럴 것이 문경에서 열리는 세계군인체육대회는 개막식이 코앞으로 다가올 때까지 말이 많았으니까.

'갈수록 수습이 안 돼서 나중엔 아예 인력을 때려 부어 겨우 해결을 했었지.'

대한은 그때의 악몽을 다시 반복하기 싫었다.

그렇기에 자신의 페이스 그대로 대화를 이어 나갔다.

"여기 계신 분들 모두 현재 숙소 때문에 머리 아파하시는 거 아닙니까? 일단 그것부터 해결해 보겠습니다."

대한의 말에 위원장이 바로 반박했다.

"그게 가능할 것 같아? 여기 부동산 전문가 얼마나 많은데? 다들 지금 가진 예산으로 부족하다고들 하는데 뭘 어떻게 해결하겠다는 거야?"

"전문가라서 그런 겁니다."

"뭐?"

"전문가라서 시야가 매몰되어 있는 겁니다. 그러니 다른 관점에서 봐야 합니다."

다른 관점.

그 말에 몇몇이 콧방귀를 뀐다.

어린놈이 말장난한다고 생각했으니까.

그러자 아니나 다를까, 누군가 툭 뱉었다.

"전문가 뜻을 모르나? 선수촌을 지으려면 지금 있는 예산으로는 턱없이 부족해. 그러니 어떤 대안을 가져오더라도 예산은 무조건 부족하다고."

"예산이 모자라면 다른 대책을 내야 하지 않겠습니까. 예컨대 아파트 말고 다른 걸 짓는다던가 하는."

"다른 거?"

"예, 아파트 말고 캠핑장 같은 걸 지으면 어떻겠습니까?"

"그게 무슨…… 캠핑장을 짓자고?"

"예, 문경에 전국 최대 규모 캠핑장. 좋잖습니까. 이왕 돈 들이는 거 남아야죠."

전생에는 조금 다른 방법으로 선수촌을 마련했다.

'민간 투자를 받아 카라반을 만들었지.'

민간인들에게 카라반을 판매하고 그 카라반을 대회 기간 동안 임대하는 방식으로 선수촌을 구성했다.

덕분에 예산을 아끼긴 했다.

하지만 남는 게 없었다.

'대회 자체 수익으로는 한계가 있다.'

군인들에게나 유명하지 이걸 아는 민간인이 몇이나 된다고.

외국에서는 어떤 위상을 가진지 모르겠지만 일단 대한민국에서는 비인기 대회였다.

여기 있는 사람들을 위해서가 아닌 대회를 같이 준비하고 있는 문경시민들을 위해서라도 최선을 다해 남겨 주어야 했다.

위원장은 대한의 말에 잠시 고민하고는 입을 열었다.

"캠핑장에 얼마나 들어가는데?"

"아무리 많이 들어가도 아파트보다 많이 들어가겠습니까? 그리고 그런 건 전문가분들이 아셔야죠."

"하! 그래 일단 그건 그렇다고 치고. 그럼 캠핑장을 마케팅 하겠다는 거냐?"

"캠핑장뿐만이 아니라 대회 자체를 잘 마케팅 해야죠."

"홍보 쪽은 이미 많은 방법들이 나왔다, 더 이상 마케팅할 게 없어."

"자신하십니까?"

"뭐?"

"자신하시냐고 묻는 겁니다."

대한의 눈빛이 변하기 시작했다.

이제부터가 진짜였으니까.

✳

아무리 사연이 있어도 반말에 무례하기까지 한 사람과 계속 일을 할 순 없다.

그렇다고 같이 목소리를 높이면 역효과.

그럼 어떻게 해야 될까?

능력으로 보여 주는 수밖에 없다.

업무적인 면에서 신뢰를 줌과 동시에 주도권을 이리로 가져 오는 것.

이건 그 시발점이었다.

당연히 자신 있었다.

지금부터 이야기하려는 건 전부 다 전생의 세계체육대회 때 진행됐던 것들이니까.

대한이 위원장에게 물었다.

"대회 입장권 판매와 방송 중계, 그리고 하는 김에 기념품도 만들어 파시죠. 혹시 이것들 중에 진행하고 있는 것 있습니까?"

대한의 물음에 위원장이 꿀 먹은 벙어리가 됐다.

그래.

당연히 없겠지.

이중에 뭐라도 하고 있으면 여기서 성이나 내고 있진 않을 테니까.

그나저나 어이가 없네.

본인들도 탁상공론이나 하고 있었으면서 누가 누구한테 화 내는 건지…….

분위기를 보니 윤곽은커녕 아예 백지 상태일 게 뻔했다.

'결국 여기서도 일 지옥에 빠지겠군.'

그러나 내 팔자 내가 탓하면 무엇하랴.

이미 일은 벌어졌고 누군가는 수습해야 하는 걸.

대한은 긍정적으로 생각하기로 했다.

무언가를 허물고 다시 만드는 것보단 차라리 백지가 낫다는 생각으로.

모두들 입을 다물자 대한이 한숨을 내쉬며 말했다.

"보아 하니 아무것도 준비가 안 된 모양입니다. 그럼 이제부터라도 제가 말씀드린 대로 준비를 시작해 보시죠. 그럼 지방세 부담이 좀 줄지 않겠습니까?"

지방세라는 말에 회의장에 있던 사람들의 표정이 변하기 시작했다.

그들이 가장 걱정하는 문제가 바로 대한의 입에서 나온 지방세였으니까.

'그럴 수밖에. 이런 대회 준비하는데 정치권이 빠질 수 없으니까.'

세계적인 대회다.

당연히 정치적인 이권도 걸려 있을 터.

그러니 이번 대회를 준비하는 데 있어서 포인트는 지역 주민들에게 부담을 최대한 안 주면서 대회를 개최해야 의미가 있었다.

'그래야 다음에도 표를 얻지.'

그렇기에 지방세를 더 늘려서 예산을 확보하는 건 있을 수 없는 일이었고 대한의 제안이 뭐였든 간에 세를 줄일 수 있다면 받아들일 수밖에 없었다.

덕분에 분위기가 대한에게로 흐르기 시작했고 눈치 보던 위원장이 넌지시 말했다.

"……근데 이때까지 세계군인체육대회를 열면서 대회 입장권을 팔았던 적이 없다. 그런데 우리만 입장권을 팔자는 건가?"

"남들이 어쨌건 간에 우리는 팔면 되는 거 아닙니까? 혹시 무료로 대회를 개최해야 한다는 규정이라도 있습니까?"

"그……런 건 없지 싶은데?"

"그럼 팔면 됩니다. 대신 돈값 할 수 있도록 볼거리를 제대로 제공하면 되잖습니까. 우리나라 상무 팀 선수들을 홍보하다 보면 팬들이 많이 올 겁니다."

상무 팀에는 축구만 있는 것이 아니었다.

각종 종목들의 국가대표 선수들이 대거 포함이 되어 있었고 전생에선 그들을 보기 위한 팬들이 생각보다 많이 왔었다.

'홍보만 잘한다면 그때보단 훨씬 더 많이 오겠지.'

입장권 수익만 해도 꽤 괜찮게 벌어들인 것으로 기억했다.

만약 전생보다 많은 숫자의 입장권이 팔린다면 지방 도시에 큰 도움이 되지 않겠나.

위원장도 대한의 말에 설득이 되었는지 한층 누그러진 기세로 물었다.

"입장권을 판다면 확실히 도움이 될 것 같긴 한데…… 방송은 뭐 어떻게 한다는 건가? 인기도 없는 대회를 누가 중계해 주려고 할까?"

아주 머리가 없는 양반은 아니었네.

큰 방송사 입장에서 세계군인체육대회는 그리 끌리는 소재가 아니었다.

상무 팀을 비롯해 국가대표가 많이 있다곤 했지만 대부분 비인기 종목의 국가대표들이었다.

아시안 게임이나 올림픽도 아닌데 굳이 황금 같은 시간대에 대회를 중계할 이유가 없는 것.

하지만 대한이 그것도 모르고 말을 꺼낸 것이 아니었다.

"큰 방송국은 당연히 안 해 줄 겁니다. 그래도 작은 방송국 들에게는 꽤 괜찮은 제안이 될 테니 제가 직접 제안해 보겠습니다."

"자네가 직접?"

"예, 뭐 따로 하실 분 있으십니까?"

"아니, 그건 아닌데…… 방송국과 연이 있는 거야?"

"예, 조금 있습니다."

대한이 고개를 끄덕였고 위원장이 드디어 구겨진 미간을 폈다.

"하하, 이거 괜히 중위를 보낸 게 아닌 것 같구만. 쓸 만하니까 보낸 거야."

다른 사람들도 웃으며 고개를 끄덕인다.

분위기가 좋네.

그럼 이제 슬슬 말해도 되겠어.

대한이 말했다.

"위원장님?"

"어, 말해."

"이제부턴 공식적인 회의에 맞는 태도를 갖춰 주십시오. 아니면 전 상부에 보고하고 바로 복귀하겠습니다."

"뭐?"

고저 없는 대한의 목소리에 위원장은 당황하기 시작했다.

참 웃긴 양반이다.

네가 왜 당황해?

그가 황당하다는 듯 말했다.

"아니, 그게 무슨 말이야? 그럼 내가 여태 회의에 맞지 않는 태도를 보였다는 거야?"

"아닙니까?"

"아니, 뭐가 거슬려서 그러는 건데?"

"마지막으로 묻겠습니다. 아닙니까?"

대한은 진심이었다.

일도 못 하는 양반들이 그저 나이만 좀 많다고 반말하는 거?

내가 니들 수발들러 왔냐?

일하러 왔지.

그러니 이건 굉장히 중요한 문제였다.

말투와 행동에서 비롯된 자연스러운 하대는 앞으로 진행해야 될 모든 문제에서 애로사항을 초래할 수 있었으니까.

그러니 확실한 교통정리가 필요했다.

차가운 눈빛과 가라앉은 목소리.

대한이 대답을 종용하는 시선을 보내자 위원장은 기세에 눌

렸는지 꼬리를 말기 시작했다.

"아, 아니. 내가 언제 뭘……."

"예, 그럼 더 이야기 할 건 없을 것 같습니다. 화이팅 하시길 바랍니다."

위원장의 애매한 태도에 대한은 조금도 망설이지 않고 몸을 돌렸다.

그리고 그대로 회의장을 벗어났고 회의장에 있는 모든 인원들이 문만 멍하니 바라보고 있었다.

박찬희 또한 대한이 나간 문을 멍하니 바라보다 이내 놀라며 자리에서 일어나 대한을 잡으러 향했다.

"기, 김 중위!"

전투복을 입은 두 사람이 사라진 회의장에는 침묵이 흘렀다.

그러기를 잠시, 위원장을 향해 비난 섞인 말들이 날아가기 시작했다.

"아니, 대회 준비 혼자 다 할 거야?"

"시대에 적응을 너무 못 하는 거 아니야? 어리다고 반말부터 하면 어떻게 해?"

"직책이 폼인가, 도와주러 온 사람한테. 그것도 대회 지원팀장이라는 직책까지 받은 사람한테 너무했어."

사람들은 자신의 책임을 회피하기 위해 주로 타인을 비난한다.

그리고 비난받는 사람은 주로 눈에 띄게 나댄 사람.

모두의 질책에 위원장은 얼굴이 벌겋게 달아오른 채 고개를 푹 숙였다.

사실 여기서 무슨 할 말이 더 있을까?

새파랗게 어린놈이라고 무시했는데 막상 계획을 들어 보니 제법 현실성 있고 여태껏 회의장에서 나온 아이디어 중 가장 좋아 보였다.

그런데 그런 귀인을 본인의 건방진 태도 때문에 쫓아내 버린 것이나 다름없었다.

이런 상황에서 그가 만약 진짜로 떠나 버린다면…….

'안 돼. 절대 안 된다……!'

이번 대회의 미래는 불 보듯 뻔했다.

등줄기에 식은땀이 흐른 위원장은 그대로 의자를 밀치고 회의장을 벗어났다.

유일한 동아줄을 붙잡기 위해서.

※

한편.

박찬희는 재빠르게 달려 나와 대한을 붙잡았다.

"김 중위! 아, 아니, 김 팀장! 이렇게 가면 어떻게 해?"

"그럼 어떻게 해야 합니까? 제가 일하러 왔지, 노인네들 수

발들러 왔습니까?"

노인네들 수발.

생각보다 강한 워딩에 박찬희는 당황했다.

"아, 아니, 그래도 그렇지…… 이렇게 가면 차장님 어떻게 보려고 그래?"

대한은 김현식을 떠올렸다.

그러고는 피식 웃으며 답했다.

"차장님이야 즐겁게 뵐 수 있죠."

"……뭐?"

"차장님 스타일이시면 오히려 칭찬해 주실 겁니다."

"그게 무슨……."

"확인시켜 드립니까?"

반쯤은 뻥카다.

하지만 너무나도 당당한 태도에 박찬희는 얼른 손을 내저었다.

"아냐, 아냐. 김 팀장 말 믿지. 다른 사람도 아니고 차장님이 보냈는데."

"예, 믿어 주시니까 보내 주신 겁니다. 그리고 전 잘 보여 봤자 저희한테 득 될 것도 없는 사람한테 굽실거리고 싶진 않습니다."

"……나 참."

구구절절 맞는 말이라 더 얄밉다.

하지만 얄미운 사람에게 얄밉다고 하지 못하니 괜히 다른 사람에게로 화살을 돌렸다.

"아니, 그건 그렇고 우리 둘 다 이렇게 나왔는데 아직도 잡으러 안 나오네? 정말 정신이 있는 거야, 없는 거야?"

"아마 누구 한 명이 화살받이처럼 질책 받다가 뒤늦게 뛰쳐나올 겁니다. 자존심 내려놓을 시간이 필요할 테니 말입니다."

"흠흠, 그럴 수 있겠네. 다들 지역에서 한 기침 하는 사람들일 테니까. 그럼 여기서 조금만 기다리면 나오겠군."

"바로는 안 올 겁니다."

"안 오다니?"

"자존심이 전부인 사람들인데 최대한 자존심 부려 보고 최후의 수단으로 저희한테 직접 올 겁니다."

"그게 무슨 말이야?"

"곧 알게 되실 겁니다. 그나저나 식사는 하셨습니까?"

"아직 안 했는데?"

"그럼 식사하러 가시겠습니까? 아침에 일찍 출발한다고 아직 식사를 못했습니다."

"후…… 모르겠다. 그래, 가자."

"제가 모시겠습니다."

에라 모르겠다.

박찬희 심정이 딱 그랬다.

그러나 물은 이미 엎질러졌고 믿을 건 대한뿐.

이윽고 대한의 차로 이동했을 때였다.

박찬희가 대한의 차를 보며 놀라며 물었다.

"……이거 네 차야?"

"예, 그렇습니다."

"……돈 많냐?"

"카푸어입니다."

"어휴…… 뭐, 전역하고 많이 벌면 되지."

"아, 단기 자원 아닙니다. 장기 복무 지원한 상태입니다."

대한의 대답에 박찬희가 믿을 수 없다는 듯 입을 벌리며 물었다.

"아니, 이렇게 뒤 없이 군 생활을 하는데 장기라고?"

"뒤를 생각하고 군 생활한다고 장군 다는 건 아니지 않습니까."

"크흠……."

그리 말하니 할 말이 없다.

이윽고 차가 출발했고 이동하길 얼마간, 대한의 휴대폰에 연락이 왔고 연결된 차량 스크린에 발신자가 떠올랐다.

그것을 본 박찬희의 눈이 휘둥그레 커졌으나 대한은 대수롭잖다는 듯 차에 연결된 그대로 전화를 받았다.

"충성. 중위 김대한, 전화 받았습니다."

─하여튼 웃긴 놈이야. 가자마자 조직위원회를 뒤집어 놔?

전화한 사람.

당연히 김현식이었다.

대한은 놀라지 않고 당연하다는 듯 대꾸했다.

"예, 한 번은 이렇게 할 필요가 있다고 판단했습니다."

─잘 판단했다. 안 그래도 나도 마음에 안 들던 참이었거든. 박 소령은 어디 있나?

"지금 같이 차량에 탑승 중입니다."

─바꿔 줘 봐라.

바꾸라는 말에 박찬희가 얼른 목소리를 높여 관등성명을 댔다.

"충성! 소령 박찬희!"

─너 거기서 지낸 지 몇 달째야.

"3개월 차입니다!"

─3개월 동안 뭐 했어?

"……잘못 들었습니다?"

─군인이란 놈이 민간인 눈치 살살 보면서 일하고 있었지? 그러니까 조직위원장이 나한테 직통으로 연락할 생각을 하지. 안 그래?

나긋한 목소리.

그러나 듣는 박찬희는 등줄기에 식은땀이 나기 시작했다.

당황한 박찬희를 보며 대한이 속으로 혀를 찼다.

'쯧쯧, 그러게 왜 그렇게 행동했어?'

아까도 그렇다.

날 따라올 게 아니라 거기 남아서 후속타를 날렸어야지.

이원영이나 박희재였다면 분명 그렇게 했을 터.

박찬희가 당황한 표정으로 답했다.

"조, 죄송합니다! 생각이 짧았습니다!"

─들어 보니까 김 중위가 제안한 게 괜찮더만? 네가 듣기에는 어땠어?

"저, 저도 좋은 계획이라 생각했습니다!"

─그걸 아는 놈이 그렇게 행동해?

"죄, 죄송합니다……!"

─됐고, 김 중위 같은 후배를 처음 봐서 생긴 일이라고 생각하고 이번 한 번만 넘어가겠다. 김 중위는 이번 체육대회의 성공적인 개최를 위해 꼭 필요한 인재다. 그러니 네가 어떻게든 지켜, 알았어?

"예, 명심하겠습니다!"

─김 중위 바꿔라.

블루투스가 연결된 걸 모르나?

대한이 박찬희의 눈치를 잠깐 보고는 김현식에게 말했다.

"예, 전화 바꿨습니다."

─어, 김 중위. 혹시 복귀 중인 거냐?

"아닙니다. 조직위원장이 안 따라 나오길래 식사하러 다녀오려고 했습니다."

─하하, 그래. 밥 잘 챙겨 먹어야지. 박 소령한테 맛있는 거

사 달라고 하고 말했던 계획 다 진행해라. 국방부에서 태클 안 걸도록 내가 조치해 놓으마.

"예, 감사합니다."

—그래, 불편한 거 있으면 언제든 연락하고.

이윽고 통화가 종료됐다.

Chapter 5

통화가 종료되고 차 안에는 침묵이 앉았다.

침묵을 유지하던 박찬희는 창문을 열고 잠시 공기를 쐬더니
이내 입을 열었다.

"……미안하다."

"아닙니다."

"나도 이런 자리가 처음이다 보니 실수했던 것 같다."

"아닙니다. 차장님께는 제가 잘 말씀드리겠습니다."

"그래…… 너 있는 동안 하고 싶은 거 다 해라. 내가 열심히 뒷
정리할 테니까."

그 말에 대한이 속으로 빙그레 웃었다.

역시 일부러 블루투스로 전화 받길 잘했군.

박찬희는 바로 사태 파악을 마치고 자신이 살 수 있는 최선의 방법을 택했다.

그 순간, 이번에는 박찬희의 전화가 울렸다.

위원장으로부터 온 전화였다.

그러나 박찬희는 전화를 보더니 이내 화면을 꺼 버렸다.

"위원장 같은데 받으셔야 하는 거 아닙니까?"

"너 같으면 지금 위원장 전화 받고 싶겠냐."

"하하, 예. 이해합니다."

아마 지금쯤 잔뜩 쫄려서 뒷줄 타고 있겠지.

두 사람은 이후에도 오는 전화를 몇 차례 더 무시한 후 여유로이 식사를 마치고 커피까지 즐긴 후에야 다시 회의장으로 복귀했다.

회의장에는 놀랍게도 그때 본 사람 모두가 아직도 자리를 지키고 있었다.

두 사람의 등장에 위원장이 자리에서 벌떡 일어나 말했다.

"아니, 근무 시간에 함부로 돌아다녀도 됩니까?"

이것 봐라?

아직도 모가지가 빳빳하네?

대한이 대답하려던 순간이었다.

"이야기 끝난 거 아니었습니까? 기다린다고 말씀도 안 하셨으면서 왜 뭐라고 하십니까?"

박찬희가 먼저 치고 나왔다.

이야, 김현식 전화가 크긴 크구나?

그새 늠름한 방패로 진화한 걸 보면.

대한이 여유롭게 의자에 앉아 수첩을 펼치자 박찬희가 인상을 쓰며 위원장에게 말했다.

"저희가 본 기간이 벌써 3개월이 넘어가는데 오해가 많이 쌓인 것 같네요."

"무, 무슨 오해?"

"상급부대에 전화 돌려 봤자 바뀌는 건 없습니다. 저희 군은 현장 책임자의 판단을 가장 중요시 여깁니다."

박찬희의 단호한 태도에 위원장은 물론 자리에 앉아 있는 사람들의 표정까지 시시각각으로 바뀐다.

위원장이 크게 당황하며 말했다.

"자, 자네까지 왜 그러나? 우리 안 이랬잖아?"

"예, 이랬으면 안 됐죠. 제가 여태 잘못 생각하고 행동하고 있었습니다. 그러니 지금부터라도 똑바로 행동하려고 합니다."

박찬희의 얼음장 같은 태도에 위원장은 점점 더 사색이 되어 갔다.

그도 그럴 게 참모차장과 통화하고 난 후 회의장에 있는 사람들에게 큰소리를 쳐 놨으니까.

근데 상황이 이상하게 돌아간다.

이래선 안 되는데?

위원장이 아무 말도 하지 않자 대한이 앉은 그대로 물었다.

"위원장님, 식사는 하셨습니까?"

"……아직."

"그럼 저희 없는 동안 계속 여기 계셨습니까?"

"그렇지."

"뭐 하고 계셨습니까?"

"기, 기다렸지 뭘 해."

대답을 들은 대한은 아무런 반응도 하지 않고 위원장을 얼마간 쳐다보았다.

그리고 앉아 있는 주변 사람들을 천천히 한번 둘러본 후 다시 위원장에게 물었다.

"위원장님."

"어, 어?"

"마지막으로 여쭙겠습니다. 공식적인 회의에 맞는 태도, 갖춰 주실 겁니까?"

대한의 물음.

그것은 파도와 같았다.

그것도 보통 파도가 아닌 쓰나미급 파도.

적어도 위원장에겐 그렇게 보였다.

위원장은 마른침을 삼켰다.

등에는 식은땀도 한 방울 흘렀다.

사면초가(四面楚歌).

더 이상 물러날 곳도 없고 달아날 수도 보이지 않았다.

인정해야만 했다.

그리고 도움을 요청해야만 했다.

'새파랗게 어린 중위'가 아닌 '대회 지원팀장'에게.

위원장이 눈을 내리깔며 말했다.

"······알겠네, 내가 사과하겠네. 아까는 좀 무례했어."

한 풀 수그러든······.

아니, 완전히 꺾인 기세.

그래.

처음부터 이렇게 나왔어야지.

위원장의 말린 꼬리를 본 대한은 그제서야 웃었다.

"그럼 마지막으로 믿겠습니다."

"······고맙네."

"자, 그럼 일 이야기를 하겠습니다."

대한의 웃음에 회의장 공기가 일순간 바뀌었다.

고여 있는 것처럼 탁하게 느껴지던 공기가 시원하게 순환되기 시작했고 사람들은 그제서야 숨을 쉬기 시작했다.

대한이 수첩을 보며 말했다.

"일단 입장권 판매를 위해 입장권을 디자인해야 합니다. 기존에 디자인 했던 분들이 있다면 바로 맡기시면 될 것 같고 입장권 재질 또한 따로 회의를 해야 할 것 같습니다. 누가 하시겠습니까?"

담당자는 그 자리에서 바로 정해 놔야 했다.

회의가 끝나고 담당자를 정하려고 하면 다들 개인 사정을 핑계로 떠넘기기 일쑤였으니까.

　　대한의 물음에 다들 눈치를 살피자 대한이 위원장을 향해 물었다.

　　"대회 로고 디자인 누가 담당했습니까?"

　　"그, 그게…… 누가 했더라?"

　　"위원장님인데 모르십니까?"

　　"그런 건 다 밑에서……."

　　"그럼 위원장님께서 내일까지 회의 준비해서 오십쇼."

　　"내, 내가?"

　　"그럼 누가 합니까? 적임자가 없으면 위원장님이 하셔야죠. 위원장님이 밑에 분들 뽑으시는 거 아닙니까? 제대로 다시 뽑으시든지 혼자 알아서 하든지 알아서 하십쇼."

　　대한의 단호한 태도에 입을 벌리는 위원장.

　　쯧쯧, 어디 감투만 쓰고 기침만 하려고?

　　대회 준비가 쉬워 보이나?

　　대한의 말에 위원장이 한숨을 푹 내쉬며 답했다.

　　"알겠네, 내일까지 담당자 지정해서 회의 준비해 놓겠네."

　　"좋습니다. 다음은 방송이죠? 이건 제가 알아서 할 거고…… 아, 맞다. 지정하시는 김에 기념품 제작도 담당자 지정해서 데리고 와 주십쇼."

　　"……알겠네."

"예, 그럼 내일 오전에 입장권이랑 기념품 같이 회의 진행하겠습니다."

대한은 수첩의 내용을 확인하고는 회의장 사람들을 둘러보며 물었다.

"그럼 이제 제일 중요한 게 남았는데…… 지금 숙소 공사는 어떻게 되어 가고 있습니까?"

"그건 담당자를 바로 호출해 주겠네."

"이 회의에 없습니까?"

"현장에서 작업 중이라 불러오지 않았다네."

"어떻게 숙소를 조성해야 할지 결정도 안 난 상황인데 작업 중이라……."

지랄났네.

이러니 개회 직전까지 말이 많았지.

대한이 조용히 한숨을 내쉬고는 말했다.

"일단 작업 중지시키고 바로 불러 주십쇼. 저만 따로 담당자와 회의하겠습니다. 이상, 회의 마치겠습니다."

"벌써 회의를 끝낸다고?"

"그럼요?"

"어, 어?"

"할 말 다했는데 뭐 더 할 이야기 있습니까? 회의는 짧을수록 좋은 겁니다. 그리고 식사 시간도 거의 끝나 가는데 얼른 식사하러 다녀오십쇼."

그 말에 다들 우르르 회의장을 빠져나간다.

그러나 딱 한 명.

위원장만 자리에 끝까지 남았다.

뭐지?

배 안 고프나?

대한이 물었다.

"식사하러 안 가십니까?"

"……이제 사석이니 편하게 이야기해도 되나?"

"예, 편하게 말씀하십쇼."

"도대체 어쩌자고 이렇게 하는 거야? 대회가 실패로 끝나면 다 책임질 수나 있어? 못 지잖아."

"흠…… 대화가 좀 통하는 것 같았는데 전부 제 착각이었나 봅니다."

대한의 말에 박찬희가 대신 대답하려 했다.

그러나 대한이 그를 제지하며 입을 열었다.

"실패의 책임을 못 지니 무조건 성공시키려고 노력하는 겁니다. 최선을 다해야 억울하지라도 않죠. 그러니 위원장님도 그냥 멋있어 보이려고 거기 앉아 계신 게 아니라면 최선을 다해 주셨으면 합니다."

대한의 대답에 위원장은 한동안 대한을 가만히 바라봤다.

그러더니 이내 천천히 입을 열었다.

"낭만적이군."

"상식적인 겁니다."

"세상 일이 어디 그렇게만 돌아가던가? 내가 처음에 무례했던 건 사과하지. 하지만 나도 사정이란 게 있었어."

"예, 압니다. 그래서 안 떠나고 다시 돌아왔잖습니까. 그럼 같은 말은 생략하고 어떻게 하면 믿으시겠습니까?"

그 말에 위원장이 기다렸다는 듯이 대답했다.

"숙소 문제만 어떻게 좀 해 줘 봐. 예산을 좀 더 받아 주든지 제대로 된 다른 건물을 지어 주든지."

대한은 위원장의 말에 어이없다는 듯 말했다.

"믿음의 조건이 너무 큰 거 아닙니까? 그것만 잘 해결하면 사실상 대회 준비는 끝나는데 말입니다."

정곡을 찔렸는지 위원장이 대답을 하지 못 한다.

그 모습을 지켜보던 대한이 물었다.

"위원장님, 궁금한 게 있는데 뭐 하나만 여쭤봐도 되겠습니까?"

"뭔가?"

"뭐 하시는 분이십니까?"

"……응?"

당황스러웠다.

뭐하는 사람이냐니?

비꼬는 거야, 뭐야?

그의 반응에 대한이 피식 웃으며 말했다.

"비꼬는 게 아니라 위원장 하시기 전에 하시던 일이 있으실 거 아닙니까. 혹시 지역 유지로 활동을 많이 하셨습니까?"

"아, 난 또…… 잘 봤네. 문경에서 나보다 땅 많이 가지고 있는 사람은 없을 거다."

문경의 땅값이 얼마 정도인지는 몰라도 저렇게 자신 있게 말하는 걸 보면 엄청난 부자일 터.

회의장에 있던 사람들이 그의 눈치를 보던 것도 이해가 됐다.

'성격도 별로 안 좋은 양반 눈치를 왜들 그렇게 보나 했네.'

다른 곳은 몰라도 적어도 문경 내에선 방귀 좀 뀌는 양반인 모양.

대한이 물었다.

"그럼 하나만 더 묻겠습니다. 혹시 이번 대회를 투자나 제테크 수단으로 여기시는 건 아니시죠?"

그 말에 위원장이 펄쩍 뛰었다.

"날 뭘로 보고! 나 돈 많아! 내가 여기 위원장 자릴 하고 있는 건 그저 지역 주민들을 대변하기 위해서일뿐이야! 난 돈 같은 거에 관심 없어!"

"흠, 그렇습니까?"

"아, 그렇대두! 내가 문경을 얼마나 사랑하는데!"

"근데 그런 말이 있잖습니까. 돈 욕심 없다는 사람이 사실 돈을 제일 밝힌다고."

"뭐라고?"

"사실 말이 그렇잖습니까. 땅이 한두 푼 하는 것도 아니고 웬만큼 욕심 없는 분이 아니면 어떻게 문경에서 제일 넓은 땅을 가지고 있을 수 있겠습니까?"

일부러 비꼬는 게 아니었다.

이건 생각보다 굉장히 중요한 문제였다.

이번 대회를 제테크 수단으로 생각하는 자가 위원장 자리에 있다면 대회 자체가 엉망이 될 수도 있으니까.

'만약 그런 낌새가 보이면 바로 끌어내려야지.'

그러나 위원장은 억울한지 가슴을 치며 목소리를 높였다.

"물려받은 거야! 물려받은 거! 내가 무슨 능력이 있어서 그만한 땅을 내 손으로 사들여? 난 그냥 농사나 조금 짓는 사람인데!"

대한이 박희찬에게 조용히 물었다.

"어떻게 생각하십니까?"

"확실하진 않은데 저번에 얼핏 들은 것 같긴 해. 나도 조상 땅이라고 들었어."

"흠……."

"근데 오늘 좀 무례하셔서 그렇지 사람 자체는 좋은 분인 것 같더라. 들어 보니 주민들이 일 좀 하라고 직접 위원장 자리에 앉혔다고 하더라고."

"흠……."

그건 또 의외네.

근데 이런 카더라 정보만 믿고 완전히 믿을 순 없는 노릇.

그래서일까?

위원장은 답답해 미칠 지경이었다.

그도 그럴 게 그가 한 말은 모두 진심이었으니까.

잠시 고민하던 대한이 물었다.

"그럼 혹시 경기장 근처에도 땅이 좀 있으십니까?"

"……설마 그것도 내가 이득 보자고 한 일이라고 할 거냐? 투자 목적으로 산 거 아냐! 원래부터 갖고 있었어!"

"의심하는 게 아닙니다. 그냥 도움을 주실 수 있으실 것 같아 여쭤보는 겁니다."

"도움? 뭔데? 내가 억울해서라도 다 도와주마."

그렇단 말이지?

대한이 씨익 웃으며 입을 열었다.

"좋습니다. 그럼 지금부터 제 계획이 뭔지 말씀드리겠습니다."

갑자기 표정이 싹 변한 대한.

위원장은 그런 대한이 무섭다.

대한의 계획에 대한 설명이 모두 끝났을 무렵, 위원장은 잠시 할 말을 잃었다.

"이건…… 이건 시간을 조금만 줘."

"알겠습니다."

한 번에 수락하지 못 하는 위원장.

하긴, 제안이 좀 묵직하긴 했지.

하지만 결국 수락할 것이다.

그가 문경에 대한 사랑이 진심이라면 말이다.

대한은 내일 오전에 대답을 듣기로 했고 위원장은 그제서야 회의장을 벗어났다.

그리고 얼마 뒤, 작업복에 흙을 잔뜩 묻힌 남자가 회의장에 나타났다.

숙소 공사를 진행 중인 현장 담당자였다.

회의장에 나타난 그가 심드렁한 표정으로 말했다.

"불렀습니까?"

"아, 예. 안녕하십니까. 현장소장님이시죠?"

"예. 작업 그만하라고 하셨다면서요?"

묘하게 날이 서 있는 목소리.

왜 다들 나한테 적대적일까?

어디 가서 인상 안 좋다는 이야기는 들어 본 적이 없는데.

대한이 웃으며 말했다.

"예, 맞습니다. 일단 앉으시죠."

대한은 준비해 놨던 음료수를 건네주었고 현장소장은 그 자리에서 음료수를 단숨에 비워 버린 후 캔을 내려놓으며 말했다.

"그래서. 뭐 어쩌실 생각입니까?"

"아, 계획을 좀 수정할까 합니다."

"또요?"

현장소장이 인상을 팍 쓰며 대한을 노려본다.

그렇게 보지 마십쇼, 난 처음 바꾸는 겁니다.

그래도 그의 심정이 아예 이해 안 되는 건 아니라 대한이 부드럽게 말했다.

"이젠 바뀔 일 없을 겁니다. 제가 전적으로 맡기로 했으니까요."

"저번에도 그 소리 듣고 바꿨습니다."

"……그러시구나. 근데 진짜입니다. 이젠 시간도 없고 제가 밀어붙일 겁니다."

"하…… 진짜 현장에서 스트레스 너무 많이 받습니다. 아무리 돈 받고 하는 일이라지만 우리도 뭐 작업이 진행되는 것 같아야 재미가 있지. 장난치는 것도 아니고 이게 뭡니까?"

그 말에 대한이 미소 지었다.

공병에 있으면서 많은 소장들을 만나 봤지만 이런 식으로 말하는 소장은 드문 편이었으니까.

쉽게 말해 자기가 하는 일에 애정이 있다는 말.

대한이 웃으며 말했다.

"여태까지 고생하셨던 건 제가 대신 사과드리겠습니다."

대한의 사과에 현장소장이 짜증을 지우고는 자세를 고쳐 앉았다.

"크흠…… 뭐, 사과받자고 한 말은 아닙니다. 그나저나 그럼 지금 하고 있던 작업은 어떻게 합니까? 그 자리에 그대로 할 거 같으면 작업 중단 하지 말고 계속 진행시키시죠?"

"지금 공사가 얼마나 진행되셨죠?"

"토목 공사는 얼추 마무리됐죠."

"그럼 거긴 더 이상 건드리지 않으셔도 될 것 같습니다. 숙소는 아파트 말고 캠핑장으로 대체할 예정이고 배치를 어떻게 할지 정해지면 그때부턴 배관 작업만 잘해 주시면 됩니다."

"캠핑장요? 캠핑장을 숙소로 쓸 겁니까?"

"예, 그럴 생각입니다."

현장소장은 대한을 빤히 바라보고는 이내 웃음을 터트렸다.

"하…… 누가 군인 아니랄까 봐…… 설마 이국에서 온 손님들 모두 텐트에서 재울 겁니까?"

"낭만 있지 않습니까? 10월이면 날씨도 좋을 텐데. 바닥에서 재우는 것도 아니고 침대도 넣을 거고 샤워 시설도 제대로 확보해 놓으면 괜찮을 것 같습니다만."

진심이었다.

나중엔 글램핑도 유행하니 말이다.

대한의 침착한 대답에 현장소장은 잠시 생각하는 듯하더니 이내 고개를 끄덕였다.

"흠…… 10월이면 그렇겠네요. 생각해 보니 괜찮은 것 같습니다."

"다들 소장님과 같은 반응이었으면 좋겠네요."

"잘 만들어 놓기만 하면 반응이야 좋겠죠. 어차피 군인들이 오는 거 아닙니까?"

"그렇죠. 오히려 좋다고 생각할 수도 있습니다."

이건 대한의 추측이 아니었다.

전생에서는 카라반을 이용해 선수들의 숙소를 마련했는데 그때도 반응이 꽤 괜찮았다.

'그럼 캠핑장도 괜찮겠지.'

현장소장이 고개를 끄덕이며 말했다.

"배치도 나오면 말씀해 주십쇼. 캠핑장 지을 준비나 하고 있 겠습니다."

"어? 캠핑장 지어 보셨습니까?"

"직접 해 본 건 아니고 지은 사람을 알고 있습니다."

"아, 그렇습니까?"

이야.

이거 조짐이 좋은데?

캠핑장을 전문적으로 짓는 업체를 찾을 생각이었는데 현장 소장이 그 수고를 덜어 줄 수 있을 것 같았다.

대한이 웃으며 말했다.

"일단 준비해 보시고 가능할 것 같으면 바로 말씀해 주십쇼. 그리 되면 다른 업체 안 찾고 소장님한테 맡기겠습니다."

"다른 업체 찾으면 억울하죠. 입찰 따낸 것도 힘들었고 작업 도 엄청 스트레스였는데 마무리 잘하고 가야죠."

"아, 입찰로 들어오신 거구나. 그럼 소장님이 하셔야죠."

현장소장은 대한을 보며 피식 웃고는 말했다.

"그나저나 옆에 앉은 소령분이랑 이야기할 줄 알았더니만…… 중위분이랑 이런 이야기해도 되는 겁니까?"

"아, 예. 지원과장님과는 맡은 부분이 다릅니다. 이건 제가 맡은 일입니다."

업무를 확실하게 구분 지어 주자 박찬희가 흡족하게 고개를 끄덕인다.

저리 구분 지어 주면 나중에 책임을 안 져도 되니 말이다.

대한의 말에 현장소장이 신기하다는 듯 둘을 번갈아 보더니 다시 대한에게 물었다.

"근데 말씀하시는 걸 들어 보니 중위님은 공사를 좀 아시는 것 같습니다?"

"예, 그래도 공병인데 대충은 알죠."

"어? 공병이었습니까?"

현장소장은 그제야 대한의 전투복에 있는 병과마크를 확인했다.

"이야, 죄다 보병이라 공병 좀 불러달라고 달라고 노래했는데 드디어 오셨네. 반갑습니다, 저도 야공단 출신입니다."

"하하, 반갑습니다. 근데 야공단이면…… 엄청 옛날 이름이네요."

"제가 중위님보다는 그래도 연식이 좀 됐으니까요."

그때부터였다.

두 사람의 공병 토크가 시작된 건.

대한은 일부러 친밀도를 쌓기 위해 스몰토크를 이어 나갔다.

그런데 이야기를 들을수록 그가 점점 더 마음에 들었다.

그는 공병단에서 만난 행정보급관 때문에 지금까지 이 일을 업으로 삼고 있다고 했으니까.

'부대에서 엄청난 에이스였겠구만.'

행정보급관이 전문하사를 안 시키고 곱게 전역시킨 것이 대단했다.

몇 십 년 전이었다면 강제로라도 전문하사 지원서를 쓰게 할 수 있었을 테니.

두 사람은 내친 김에 저녁 약속까지 잡은 후에야 자리를 마무리했다.

대한은 그를 배웅해 준 뒤 다시 회의장에 돌아왔고 박찬희가 대한에게 박수를 쳐 주었다.

"진짜 전문가네. 일이 착착 진행되고 있어."

"회의만 짧으면 일은 빨리 진행되는 거 아니겠습니까. 그건 과장님께서 저보다 잘 알고 계시지 않습니까."

"야, 그게 실천하기 얼마나 힘든 건데."

"그렇습니까? 그럼 이번 기회에 과장님도 한번 해 보시면 될 것 같습니다."

"······뭘?"

"건축이랑 토목직 공무원들 좀 불러 주십쇼."

박찬희가 대한을 빤히 바라보며 물었다.

"내가?"

"그럼 누가 부릅니까? 전 이 건물에서 회의장이랑 흡연장 빼고는 아무 곳도 모릅니다."

아, 그렇지?

박찬희가 얼른 고개를 끄덕이며 휴대폰을 꺼냈다.

"전화해서 바로 부를게."

"가능하시겠습니까?"

"뭐가?"

"개인 번호는 모르시지 않습니까? 사무실 자리 번호로 연락하시면 아마 내일 올 겁니다."

이는 공무원뿐만 아니라 군인도 비슷했다.

전화하면 자리에 없는 게 대부분.

휴대폰 번호를 모르는 상황에서는 직접 찾으러 돌아다니는 게 제일 빨랐다.

박찬희는 대한의 말에 공감하기 싫었지만 공감하지 않을 수가 없었다.

그가 씁쓸한 표정으로 자리에서 일어나 말했다.

"하…… 이럴 줄 알았으면 우리 과 애들을 다 내보내는 게 아니었는데……."

"아, 혼자 오신 게 아니었습니까?"

"그래도 명색이 지원과장인데 지원과 사람은 있지. 아무튼 기다리고 있어, 직접 데리고 올 테니까."

이윽고 박찬희가 떠났다.

그리고 대한은 그가 한 말에 의문이 생겼다.

'……제대로 굴러가는 일이 하나도 없는데 도대체 지원과 사람들을 어디로 보냈다는 거야?'

대한은 지원과에 있다는 사람들이 궁금해지기 시작했다.

그리고 약 반 시간 뒤, 박찬희는 대한이 요구한 공무원 둘을 데리고 회의장으로 복귀했다.

박찬희가 말했다.

"건축, 토목직 공무원 분들 모시고 왔다."

"한 분만 모시고 와도 괜찮았는데, 고생하셨습니다."

"하급자 심부름 두 번 하고 싶진 않다. 어차피 두 분 다 있어야 하는 거 아냐?"

역시 육사 출신인가.

고생을 사서 하진 않네.

대한이 피식 웃으며 답했다.

"예. 맞습니다."

대한은 뒤이어 모셔 온 두 사람을 자리에 앉히며 물었다.

"약속도 없이 바로 모시고 와서 죄송합니다. 혹시 바쁜 상황이셨습니까?"

"당연히 바쁘죠. 언제 안 바쁜 날이 있습니까?"

하, 이 양반들도 예민하네.

대한이 고개를 끄덕이며 말을 이었다.

"그러시구나. 근데 최근에 대회 준비 말고 다른 거 뭐 또 하는 거 있으십니까?"

"아뇨, 그건 아닌데…… 왜요?"

"그럼 이제 좀 덜 바빠지시겠네요. 공사 진행 안 하면 일 좀 쉬는 거 아닙니까?"

"공사 진행을 안 한다니 그게 무슨 소리예요?"

"말 그대롭니다. 일단 진행되고 있던 숙소 작업은 중단했습니다. 다른 거부터 하려고요."

"갑자기 그게 무슨…… 이거 이야기 된 거예요? 우린 전달 받은 게 없는데?"

"그래서 지금 전달해 드리는 겁니다. 그나저나 궁금한 게 있는데 공사 진행할 수 있는 예산은 있었습니까?"

대한의 물음에 두 사람은 당황한 표정을 숨기지 못한 채 답했다.

"……이, 있죠."

"전 부족하다고 들었는데…… 일단 알겠습니다. 뭐, 어느 정도 있다고 알고 있으면 됩니까?"

"아, 아뇨. 그건 저희 말고 다른 분들한테 여쭤봐야 할 것 같습니다."

그래?

그럼 그러지 뭐.

대한이 미소를 지으며 말을 이었다.

"알겠습니다. 그건 제가 다른 분한테 물어보고 확인하겠습니다. 두 분은 캠핑장이 들어설 만한 곳 좀 찾아 주십쇼."

"캠핑장요? 대회 앞두고 갑자기요?"

"예, 캠핑장을 숙소로 쓸 거니까 잘 확인해서 알려 주시면 감사하겠습니다."

"캠핑장을 숙소로 쓴다라…… 예, 뭐. 알겠습니다."

밖에서 현장을 확인하는 것보다 훨씬 편하다고 생각을 하는지 표정이 한결 밝아졌다.

하지만 뒤이은 대한의 말에 그들의 표정은 다시 어두워졌다.

"넉넉하게 이틀 정도 드리면 되겠죠? 주차 편한 곳으로 찾아 주시면 됩니다."

"잠시만요, 이틀이요? 그걸 어떻게 이틀 만에 해요?"

"일단 해 보고 결과를 주십쇼. 방법은 알아서 찾아보시고요."

대한의 말에 두 사람은 동시에 싫은 티를 팍팍 내기 시작했다.

그래, 그럴 수 있지.

일 시키는데 좋아할 사람이 어디 있겠는가.

하지만 대한은 이런 사람들을 굴리는 방법을 안다.

대한이 말했다.

"빨리 하시는 게 좋을 겁니다. 이틀 뒤에 시장님 만나러 갈 거니까요, 같이."

대한의 말에 두 사람의 눈이 번뜩 뜨였다.

시장?

잘못 들은 건가?

그러나 대한은 직접 한 번 더 확인시켜 주었고 두 사람은 눈빛을 교환하더니 그대로 회의장을 벗어나며 말했다.

"그럼 이틀 뒤에 뵙겠습니다."

"예, 고생하십쇼."

두 사람이 떠나자 박찬희가 피식 웃으며 말했다.

"크큭, 마른하늘에 날벼락 치는 기분이겠구만."

"이렇게라도 해야 바짝 일하죠. 그나저나 저 두 사람 뭐 하고 있었습니까?"

"흡연장에서 놀고 있던데?"

"쯧쯧, 그럴 것 같았습니다. 사실 현장 나갔으면 못 찾아오시지 않았겠습니까."

"하긴 그것도 그렇…… 어, 잠깐. 만약 저 두 사람이 진짜 현장에 갔으면 하루 종일 저 두 사람 찾으러 돌아다닐 걸 예상했다는 거냐?"

"에이 설마 그러겠습니까. 과장님이시라면 개인 번호 알아내서 연락을 취할 거라고 생각했습니다."

"……그래?"

놀리는 게 아니라 진짜였다.

아니, 진짜 직접 찾으러 갔으면 실망할 뻔했다.

대한은 비효율적으로 일하는 사람은 딱 질색이었으니까.

'자, 그럼 공무원들한테도 퀘스트 던져 줬고…….'

이제는 다음 스텝을 밟을 차례였다.

※

대한은 바로 수첩에 일정을 정리하기 시작했다.

'일단 내일 오전에 입장권 관련 회의하고 오후엔 위원장님이랑 회의를 하면 되겠군.'

정리를 마칠 때쯤, 옆에서 쉬고 있던 박찬희가 말했다.

"시설장교 곧 복귀한다니까 간단하게 인사나 해라. 인사한 뒤에 숙소도 알려줄게."

"어? 시설장교도 있었습니까?"

"당연하지. 대회 준비에 시설장교가 빠지면 되겠나?"

좋은데?

생각보다 일이 더 수월해질 것 같다.

잠시 후, 시설장교가 회의실로 들어왔다.

"충성, 복귀했습니다. 과장님."

"어, 고생했다."

"이 친구가 차장님께서 말씀하셨다는 그 중위입니까?"

대한이 자리에서 일어나 말했다.

"처음 뵙겠습니다. 김대한 중위입니다."

"반가워, 최동진 대위다."

전투복이 아닌 사제 작업복을 입고 있었기에 출신과 병과를 확인할 수 없었다.

최동진이 대한에게 악수를 건넸다.

"중위 김대한."

"파견 기간 동안 잘 지내보자."

"예, 잘 부탁드리겠습니다."

두 사람의 인사가 대충 끝난 것 같자 박찬희가 물었다.

"동진아, 오늘 뭐 특이사항 있었냐?"

"중간에 작업 중지된 것 외에는 특이사항 없습니다. 혹시 작업은 언제 다시 진행하는 겁니까?"

"음, 김 중위가 진행하라고 하면?"

"예? 그게 무슨 말씀이십니까?"

"김 중위가 팀장이거든. 그러니 팀장 말대로 해야지."

"하하, 저도 못 달아 본 팀장을 벌써 답니까? 이야, 대단한데?"

대한이 웃으며 답했다.

"차장님께서 굴리지 말라고 그냥 붙여 주신 겁니다. 선배님께선 편하게 하시면 됩니다."

"그래? 크큭, 알겠다."

최동진이 대한의 어깨를 토닥여 주었고 박찬희가 기지개를 키며 자리에서 일어났다.

"어휴, 파견 와서 제일 피곤한 날이다. 일단 김 중위 숙소도 알려 줄 겸 숙소로 가자."

"예, 알겠습니다."

"난 김 중위 차 타고 갈 테니까 숙소에서 보자."

세 사람은 그대로 회의장에서 나와 주차장으로 향했다.

이내 차량에 탑승한 대한은 박찬희가 알려 준 주소로 향했다.

숙소로 이동하는 길.

대한이 박찬희에게 물었다.

"과장님, 좀 전의 시설장교는 공병입니까?"

"아니? 보병인데?"

"아, 그렇습니까? 그러면 공사를 좀 아는 분인가 봅니다?"

"그건 나도 잘 모르겠는데?"

"……잘 못 들었습니다?"

"뭘 잘 못 들었다는지 모르겠는데 시설장교가 공사에 대해 얼마나 아는지는 나도 몰라. 그냥 데리고 가라고 해서 데리고 온 거지."

음.

그건 좀 곤란한데?

갑자기 그에 대한 기대가 사라졌다.

대한의 일이 수월해질 수 있는 건 최동진이 어느 정도 전문가일 때라는 전제가 붙어야지만 가능한 것.

'만약 뭣도 모르는 사람이면 좀 전에 보고한 특이사항 없다는 것도 믿을 수 있는 정보가 아니겠군.'

아무래도 최동진과 따로 이야기 해 봐야겠어.

이윽고 차가 숙소에 도착했다.

숙소는 문경에 위치한 연수원이었고 군에서 대회 준비 기간 동안 통째로 빌려 놓은 곳이었다.

'숙소는 깔끔하네.'

다행이었다.

만약 숙소가 빈약했다면 부대로 복귀해서 출퇴근까지 고려하고 있었으니까.

대한은 방에 짐을 간단하게 풀고는 안유빈에게 전화를 걸었다.

—오랜만이다, 대한아. 잘 지냈냐?

"잘 지냈죠. 선배님도 잘 지내셨습니까?"

—난 항상 똑같이 잘 못 지내는 중이다.

"하하, 그러니까 군대로 다시 복귀하라고 말씀드렸잖습니까. 이제 2년 밖에 안 남았습니다. 잘 생각하십쇼."

장기복무자가 아닌 군 간부들은 재임관이 가능했다.

물론 평가를 거쳐 선발을 하긴 하지만 재임관에서 떨어진다는 사람은 아직까지 본 적이 없었다.

'소위를 키우는 것보다는 훨씬 좋은 선택지니까.'

중령이나 대령급 보직이 비어 있는 경우는 드물었다.

비어 있는 건 늘 하급 간부들 자리.

그렇기에 재임관은 군에서 아주 반기는 제도 중 하나였다.

하지만 안유빈은 죽었다 깨어나도 재임관 할 생각이 없었다.

─아예 생각을 안 할 건데? 여기서 맨날 욕먹어도 군대보단 나아. 일단 밖이잖아?

"하하, 매일 휴가 나간 기분으로 즐기시고 계십니까?"

─역시 너라면 공감해 줄 줄 알았다.

"공감은 못 하죠. 공감하셨으면 군대에 다시 재임관 하셨어야죠."

─크흠…… 그나저나 어쩐 일이야?

"후배가 선배한테 연락드리는데 무슨 일이 있어야합니까?"

─참나, 있으니까 전화한 거 아냐? 괜히 이상한 말 하면서 시간 끌지 말고 얼른 말해 봐.

역시.

손발 맞는 게 이렇게 중요하다니까?

대한이 씨익 웃으며 바로 본론으로 들어갔다.

"문경에서 열리는 대회 알고 계시죠?"

─체육대회 말하는 거야? 당연히 알지. 모르는 게 말이 되냐?

"제가 여기 파견 나와 있습니다."

─……잠깐만.

안유빈은 본능적으로 불안을 느꼈다.

그렇기에 대한은 그에게 생각할 틈을 주지 않았다.

"예산이 많이 부족해서 어떻게든 수익을 좀 창출해 내야 하는데 선배님께서 중개를 좀 하시면 어떻겠습니까."

―후, 난 또 뭐라고…… 괜히 긴장했네.

"하하, 별거 아니지 않습니까?"

―무슨 소리야, 중개가 쉽냐? 그때 축구대회 중계하는 것도 얼마나 힘들었었는데.

"근데 왜 긴장을 푸십니까? 제가 조르면 어떻게 하려고."

―어차피 공영방송에서 중계하잖아.

"예? 경기 중계를 합니까?"

―개막식은 중계하는 걸로 알고 있는데…… 경기 자체를 중계하라고?

"예, 개막식 보려고 대회 하는 건 아니지 않습니까. 개막 잘할 테니 경기 영상 좀 중개해 주십쇼."

―야, 이건 나 혼자 결정할 수 있는 게 아닌 거 잘 알지?

"머리 맞대 보시고 거절하지만 마십쇼. 혹시 도움 필요하시면 언제든 전화 주시고요."

한번 군대 방송으로 재미를 봤으니 이번에도 긍정적인 답변을 기대했다.

만약 그렇지 못하면 힘으로 누를 생각이었고.

'나한텐 추지훈이 있으니까.'

추지훈만 있을까?

이번엔 추지훈보다 더 높은 사람이 대한에게 일을 지시한 상황이니 더더욱 자신이 있었다.

대한이 뒷말을 덧붙였다.

"아 참, 이번에도 국방부나 육본에 호출당하실 수도 있습니다."

─······잠깐, 이번엔 육본도?

육본이라는 말에 안유빈의 머리가 빠르게 돌아가기 시작했다.

─너 이번엔 어떤 분 지시로 거기 있는 거냐?

"차장님이라 불리는 분의 지시로 왔단 것만 알고 계십쇼."

─차장이라······ 와, 알겠다. 부장님께 바로 말씀드려 볼게.

역시 안유빈.

척하면 척이다.

눈치 빠른 안유빈 덕분에 대한은 기분 좋게 통화를 끊을 수 있었고 현장소장과의 저녁을 위해 숙소를 벗어났다.

이윽고 약속 장소인 인근의 고깃집에 도착하자 먼저 도착해 홀로 술을 먹고 있는 현장소장을 볼 수 있었다.

대한이 넉살 좋게 말했다.

"먼저 드시고 계시네요? 술 많이 좋아하시나 봅니다?"

현장소장은 대한이 오기 전 기본 반찬을 안주 삼아 소주 한 병을 이미 비운 상태였다.

대한의 물음에 현장소장이 실실 웃으며 답했다.

"후후, 오셨습니까? 갈증이 나기도 했고 기관지에 먼지 씻어 낼 겸 먼저 한 병 했습니다."

"대작하면 제가 질 것 같은데, 차를 갖고 와서 저는 좀 봐주십쇼."

"하하, 대리 구하기도 힘든 곳입니다. 이해합니다. 저만 마시면 되죠."

"감사합니다. 다음에 숙소 생기면 제일 먼저 한잔하시죠."

"좋죠, 캠핑장에서 한잔이라…… 기대가 됩니다."

대한은 현장소장의 술잔에 소주를 채워 주고는 그의 이야기를 들어 주었다.

얻고 싶은 게 있어서 이러는 건 아니었다.

그저 현장소장과 친해지면 일하기가 여러모로 편해져서 친분을 쌓는 것.

물론 그 외에도 야공단 출신이시라니 없던 전우애가 형성된 것도 없잖아 있었다.

그렇게 편하게 자리를 가진 것도 한참.

현장소장이 대한에게 말했다.

"김 중위님, 제가 전국 수많은 현장들을 다녀 봤는데 여기만큼 정신없는 곳도 잘 없습니다. 정신 똑바로 차리셔야합니다."

"그렇게 정신없어 보이진 않던데…… 일단 명심해 두겠습니다."

"흐흐, 아직 오신 지 하루밖에 안 돼서 그런 겁니다. 조금만 있어 보십쇼. 사방에서 예산 당겨쓰겠다고 나서는 사람들이 수두룩할 겁니다."

"아, 그런 것 때문이라면 정신없을 수도 있죠."

이런 충고는 새겨들어야지.

이윽고 식사 자리가 끝나자 두 사람은 가게 앞에서 자연스럽게 흡연 시간을 가졌다.

현장소장이 담배를 꺼내 물며 말했다.

"덕분에 오늘 즐겁게 식사했습니다."

"식사하신 것 맞습니까? 술만 잔뜩 드신 것 같은데."

"하하, 술이 칼로리가 얼마나 높은데 다 피가 되고 살이 되는 겁니다."

"하하, 그것도 그렇죠. 숙소가 어디십니까. 제가 데려다드리겠습니다."

"아닙니다. 여기서 걸어가면 금방입니다. 소화도 시킬 겸 가볍게 걸어가겠습니다."

"알겠습니다. 아, 캠핑장은 이번 주 내로 정리해서 연락드리겠습니다. 일단 요 며칠 푹 쉬고 계십쇼."

"예, 중간에 도움 필요하면 연락 주십쇼."

"그럼 내일 같이 출근하시겠습니까?"

"하하, 이래서 빈말도 함부로 하면 안 된다니까. 필요하면 가 드릴게요."

대한이 손을 저으며 답했다.

"장난입니다. 푹 쉬십쇼. 들어가 보겠습니다."

"예, 들어가십쇼."

대한은 현장소장과 가볍게 인사를 하고 주차되어 있는 차로 향했다.

그때, 현장소장이 뒤에서 대한을 불렀다.

"김 중위님, 시간 되시면 인건비 한 번만 확인해 주십쇼."

"어, 뭐 때문에 그러십니까? 혹시 돈 못 받은 거 있습니까?"

"아, 그런 건 아닙니다. 그냥 확인만 해 보십쇼. 갑니다."

현장 작업자들에게 인건비만큼 중요한 것도 없다.

일을 하고도 돈을 받지 못하는 경우가 수두룩했으니까.

하지만 군 공사나 관에서 실시하는 공사 같은 경우에는 그런 경우가 드물었다.

물론 일당은 낮긴 했지만 돈이 잘 나오는 것 하나가 장점이 되어 작업자들이 몰린다.

'그냥 하는 소리겠지?'

대한은 고개를 갸웃거리고는 확인할 것을 추가했다.

✳

다음 날 아침.

입장권 관련 회의를 빠르게 진행했다.

고민할 필요도 없는 회의긴 했다.

입장권이 특이하면 얼마나 특이하겠나.

남들과 최대한 비슷하게 만들고 각 경기가 이루어지는 곳의 최대 관중 수만 파악하면 되는 것이었다.

입장권 회의를 30분 만에 끝낸 대한은 조직위원회 건물 내부를 돌아다니기 시작했다.

그렇게 돌아다니는 것도 잠시.

아주 정신없는 사무실을 발견했다.

'혼자 일 다 하는 것 같네.'

사무실 안에는 세 명이 근무 중이었고 책상 주위에는 각종 서류가 쌓여 있었다.

그리고 세 명 모두 전화를 하느라 바빴다.

그중 하나가 대한을 발견하고는 고개를 까딱였다.

대한 또한 고개를 까딱이고는 조심스럽게 문을 열었다.

마침 본인과 눈을 마주쳤던 남자가 통화를 마쳤고 대한에게 다가와 말했다.

"안녕하세요. 홍보부 차진철 대리입니다."

"반갑습니다. 김대한 중위입니다."

"정신없을 때 오셔서 인사도 제대로 못 드렸네요, 죄송합니다."

"아이고 아닙니다. 바쁘신 거 뻔히 아는데요, 뭐."

대한과 비슷한 연배로 보이는 차진철은 대한에게 살갑게 다가왔다.

대한 또한 그가 싫지 않았다.

'이렇게 돌아다니면서 인맥 쌓는 거지.'

사람 일 어떻게 될지 모른다고 이렇게 쌓은 인맥이 나중에 또 도움이 될 수도 있었다.

대한이 주변을 둘러보며 말했다.

"회의 끝나고 이곳저곳 돌아다니고 있었는데 여기만큼 바쁜 곳도 없는 것 같네요."

"어쩔 수 없죠. 다른 곳과는 다르게 저희만 돈을 달라고 하는 입장이니까요."

"아, 대회 스폰서 같은 거 잡으시는 중이십니까?"

"예, 군 관련 대회라 엄청 상업적으로 접근할 순 없겠지만 그래도 어느 정도는 지원받으면 좋으니까요."

대한이 알기로도 대회의 가장 큰 수익은 광고주 또는 스폰서 였다.

입장권이나 중계료로 돈을 벌어 봤자 얼마나 벌겠나.

대한이 고개를 끄덕이며 답했다.

"예산도 부족한데 최대한 도움을 받아야죠. 성과는 좀 있습니까?"

"후, 아뇨. 광고 효과가 미비하다 보니 광고주들이 선뜻 광고를 넣으려고 하지 않고 있습니다."

"흠, 문경 내에 있는 회사들은 어떻습니까?"

"거긴 이미 연락을 다 해 놓은 상태입니다."

"큰 도움이 안 되나 봅니다?"

"하하, 아무래도 큰 회사들이 아니다 보니 어쩔 수 없는 것 같습니다."

대한은 잠시 고민하고는 입을 열었다.

"그럼 제가 아는 회사한테 한번 연락해 보시겠습니까?"

"오, 뭐 하는 회사입니까?"

"가구 만드는 회사인데…… 제가 소개해 줬다고 말하면 어떻게든 도움을 줄 겁니다."

"오…… 혹시 회사 이름이 뭘까요?"

그 말에 대한이 씩 웃으며 말했다.

"고아스입니다."

대한에게 사명을 들은 차진철이 고개를 기울였다.

"고아스요? 제가 아는 그 고아스요?"

"어떤 고아스를 생각하시는 건진 모르겠지만 그 고아스가 맞을 겁니다."

"아니 고아스면 큰 회사 아닙니까? 저희가 쓰는 것도 고아스 것이지 싶은데?"

"예, 뭐. 동네 구멍가게는 아닌 것 같긴 했습니다."

대한이 차진철에게 고아스 회장 지근식의 번호를 넘겨주자 차진철의 눈이 휘둥그레 커졌다.

"회장님 번호? 호, 혹시 사이가 어떻게 되십니까?"

"그냥 뭐 비즈니스 파트너입니다."

"여기 회장님이랑 비즈니스 파트너라고요?"

"예, 어쩌다 보니 그렇게 됐습니다."

"와…… 뭐 어떤 사이인지 감은 안 오지만 일단 감사합니다. 한번 연락해 보고 말씀드리겠습니다."

"아, 연락드려서 제가 번호 알려 드렸다고 하면 알아서 잘 진행될 겁니다."

고아스 회장에게 연락을 안 한 지도 한참이 되었다.

'근데 생각해 보니 좀 괘씸하네. 내가 연락 안 해도 먼저 연락을 좀 해야 되는 거 아냐?'

고아스는 대한에게 빚이 있었으니까.

아무래도 조만간 기강 한번 잡아야겠군.

대한의 말에 차진철이 환하게 웃으며 굽실거렸다.

"정말 감사합니다. 오늘 처음 보는데 이렇게 도움을 주시다니…… 바로 연락해보겠습니다."

"같이 고생하는데 도와드려야죠. 그럼 전 가보겠습니다."

대한은 차진철과 인사를 나누고는 회의장으로 향했다.

슬슬 위원장을 맞이할 준비를 해야 했으니까.

회의장에 앉아 수첩에 끄적이고 있을 무렵, 지근식으로부터 전화가 왔다.

"예, 회장님. 잘 지내셨습니까?"

―하하, 저야 잘 지냈죠. 김 중위님은 잘 지내셨습니까?

"저야 늘 똑같죠. 그나저나 제 근황은 안 궁금하실 줄 알았는데 이렇게 다 물어봐 주시다니 참 감격스럽습니다."

대한의 말에 지근식이 어색하게 웃으며 답했다.

─하하…… 왜 안 궁금했겠습니까. 바쁜 일 하시는데 무소식이 희소식이다 생각하고 있었죠.

"흠, 일단 알겠습니다. 그나저나 연락 받으셨죠?"

─안 그래도 그것 때문에 연락드렸습니다. 혹시 저희가 드려야 할 금액에서 홍보 금액을 빼도 되겠습니까?

하여튼 장사꾼 아니랄까봐.

대한은 본인의 예상 범위 안의 행동을 하는 지근식이 웃겼다.

"설마 그러실까 했는데 진짜 이러시네요?"

─하하, 원래는 저희가 안 했을 텐데 김 중위님 부탁으로 하는 거니 써도 괜찮지 않을까 싶어서 여쭤보는 겁니다.

"그럼 안 된다고 하면 안 쓰실 겁니까?"

─그럼 홍보도 좀 다시 생각해 봐야죠.

그 말에 대한이 피식 웃으며 말했다.

"그럼 하지 마십쇼."

─……예?

"혹시나 해서 여쭤본 것뿐입니다. 부담되시면 안 하시는 게 맞죠."

─지, 진짜 안 해도 됩니까?

"예, 안 해도 됩니다. 대신 저희 작전사 예하부대 책상이랑 의자 싹 다 교환해 주십쇼."

─……예?

"그동안 바빠서 깜빡 잊고 있었는데 슬슬 정산을 좀 해도 되지 않겠습니까. 돈 빌려주고 너무 안 썼던 것 같아서요. 아, 한 달이면 되죠?"

─하, 한 달요?!

"예, 한 달이면 되지 않습니까?"

─아, 아니. 그러면 저희 공장에서 다른 건 하나도 못 만듭니다.

"저야 뭐 계약서대로 하는 건데 왜 그러십니까?"

─시간을 조, 조금만 더 주시죠.

"저희 거 말고 다른 거 먼저 하려고요? 그건 안 되죠."

─아니, 갑자기 이러시는 게 어디 있습니까?

"언제든 이럴 수 있었는데 안 했던 것뿐입니다. 일단 전 주문했고 한 달 안에 안 오면 법적 조치 들어가겠습니다."

─중위님!

"예?"

잠깐의 침묵.

그러더니 이내 힘 빠지는 목소리가 들려왔다.

─호, 홍보……하겠습니다.

"그러세요."

─김 중위님!

"왜요?"

지근식은 대한의 차가운 말투에 조용히 한숨을 내쉬고 말했다.

—……죄송합니다. 제가 생각이 좀 짧았던 것 같습니다.

"회장님."

—……예.

"그럼 잘 좀 부탁드리겠습니다."

—아, 아유, 그럼요. 저도 잘 부탁드리겠습니다.

이윽고 통화가 마무리되었고 대한은 폰을 집어넣었다.

'꼭 겁을 줘야 똑바로 하지.'

아니면 평소에 좀 잘하던가.

대한은 지근식이 평소에 연락 안 한 이유를 얼추 이해했다.

괜히 연락했다가 갑자기 가구라도 내놓으라고 하면 골치 아팠으니까.

하지만 그렇다고 영원히 계약서를 썩힐 순 없는 법.

게다가 오는 말이 고와야 가는 말이 곱다고 처음부터 알아서 잘해 줬으면 대한도 알아서 잘 챙겨 줬을 것이다.

대한은 인의와 도리를 아는 사람이었으니까.

그로부터 얼마 뒤, 위원장이 회의장에 나타났다.

대한이 인사했다.

"오셨어요? 아직 점심 전인데 일찍 오셨네요?"

"오, 자네도 와 있었군. 식사는 했나?"

"아직 안 했습니다."

"그럼 식사나 같이하러 가지."

위원장의 말에 대한은 박찬희에게 연락을 한 뒤 그를 따랐다.

근처 식당으로 이동해 자리에 앉자 위원장이 입을 열었다.

"어제 말한 거 말이야. 밤새 생각을 해 봤고 결정을 내렸다네."

"그건 좀 더 고민해 보셔도 됩니다."

"아냐, 막상 크게 고민할 것도 없을 것 같더구만. 자네가 말한 대로 해 보려고."

"감사합니다. 쉬운 결정이 아니셨을 텐데."

대한이 위원장에게 제안한 계획.

그것은 다름 아닌 땅 기부에 대한 계획이었다.

원래는 문경시가 가진 땅을 캠핑장으로 만들어 볼 생각이었지만 지자체가 가진 땅이 관리가 되면 얼마나 되어 있겠나.

마땅한 부지를 찾는다고 해도 개발하는 데 엄청난 돈이 들수도 있는 일이었다.

하지만 위원장이 가진 수많은 땅들은 대부분 관리가 어느 정도 되어 있는 곳일 터.

심지어 경기장 근처에도 있다지 않나.

그렇기에 성공적인 대회 개최를 위해 땅을 좀 기부해 달라고 제안했다.

물론 생떼 부리는 느낌으로 기부해 달란 건 아니었다.

대한은 그에게서 욕망을 보았고 그저 그것을 건드린 것일 뿐.

대한이 웃으며 말했다.

"아마 문경 시민들이 이번 위원장님의 결정을 반드시 기억할 겁니다."

"크흠, 꼭 그걸 바라고 기부하는 건 아니네만."

"정말이십니까? 그럼 정치 같은 건 생각도 안 하고 계시겠네요?"

"⋯⋯."

입을 다무는 위원장.

그는 얼마간의 침묵 후 조용히 말했다.

"⋯⋯누구한테 들었나? 어디 가서 이야기 한 적은 없는 것 같은데."

그 말에 대한이 피식 웃었다.

그래, 좋은 일을 그냥 할 사람이 어디 있겠나.

물론 아무 뜻 없이 선의로 기부하는 사람들도 있겠지만 그런 사람은 극소수였다.

'아무 득도 없는데 뭐 하러 이런 귀찮은 일을 해?'

그래도 대한은 좋게 생각했다.

저런 원초적인 이유가 오히려 더 정직하고 순수해 보이는 법이니까.

대한이 미소를 지으며 말했다.

"결정하게 된 이유가 참 마음에 듭니다."

"크흠…… 젊은 사람이 보기에는 다 늙은 사람이 무슨 욕심인가 싶겠지만 내 인생 마지막 목표라네."

"어휴, 아닙니다. 그런 생각 안 했습니다. 멋진 꿈이라고 생각합니다."

진심이었다.

50이 넘어 은퇴를 바라보는 나이라고 하지만 꿈을 가지는데 나이가 어딨을까?

오히려 두 번째 인생을 살기에 더 없이 좋은 시기다.

그렇기에 대한은 진심으로 그를 응원했다.

'자기 재산을 하루 만에 내놓을 양반이라면 정치도 잘하겠지.'

물론 대한은 정치 같은 건 잘 모른다.

게다가 위원장은 첫 인상도 별로였다.

하지만 이야기를 하다 보니 괜찮은 사람인 것 같아서 응원하는 것.

위원장이 피식 웃으며 말했다.

"그렇게 생각해 주니 고맙네. 그나저나 이거 시장님한테 허락은 받은 건가?"

"아뇨, 이제 받아야죠."

"뭐야, 설마 하긴 했는데 진짜 허락도 안 받은 거야?"

"예, 주민들이 가진 땅 받아서 캠핑장 짓겠다는데 어떤 시장이 허락해 주겠습니까."

"……그럼 난 어제 밤새 고민을 왜 한 거야?"

대한이 그를 향해 환하게 웃으며 말했다.

"제가 직접 말하면 허락해 줄 겁니다."

※

대한과 위원장은 식사를 마친 뒤 회의장으로 돌아와 다른 업무 관련해서 간단하게 회의를 진행했다.

회의가 끝난 뒤 두 사람은 바로 시장실로 향했다.

문경시장은 대한과의 만남을 기다리고 있었는지 대한의 요청에 오후 일정을 취소하고 시간을 비워 놓았다.

대한은 시장실에 들어가기 전 위원장에게 물었다.

"시장님은 어떤 분입니까?"

"흠…… 나랑은 아주 안 맞는 분이지."

"예?"

이건 또 무슨 소리인가.

대한이 고개를 갸웃거리자 위원장이 말을 이었다.

"엄청 꼼꼼한 분이라 일은 잘하는데 같이 일하기엔 좀 피곤한 스타일이지. 그러니까 내가 시장님한테 허락받았냐고 물어봤던 거야. 시장님은 그런 제안은 허락해 주시지 않을 테니까."

꼼꼼하다라.

대부분의 하급자는 꼼꼼한 상급자를 피곤해한다.

하지만 대한은 달랐다.

차라리 꼼꼼한 상급자가 더 편했다.

'사소한 것까지 결정해 주는 사람이 얼마나 편한데.'

대한은 오늘의 대화가 잘 풀릴 것 같은 예감이 들었다.

그러나 위원장과 사이가 안 좋다는 건 조금 마음에 걸렸다.

그렇다고 땅을 내놓는다는 사람을 안 데리고 갈 순 없는 노릇.

대한이 웃으며 말했다.

"그럼 위원장님은 들어가셔서 그냥 가만히 계셔 주십쇼."

"……정말?"

"예, 필요하면 신호 보내겠습니다."

"그런 거라면……."

이윽고 두 사람은 문을 열고 들어갔고 문경시장이 자리에서 일어나며 두 사람을 반겼다.

"허허, 반갑습니다. 문경시장 구지환입니다."

"처음 뵙겠습니다. 김대한 중위라고 합니다."

"예, 말씀 많이 들었습니다. 일단 앉으시죠."

문경시장 구지환.

행정고시 출신으로 관에 아주 능통한 사람이었다.

그리고 그에 대한 첫인상은.

'괜찮은데?'

물론 어디까지나 대한의 기준이었다.

그는 전형적인 일 잘하는 문관처럼 생겼는데 표정에는 여유까지 흘러넘쳤다.

대한과 가볍게 인사를 한 구지환은 위원장을 흘끔 바라보고는 목례만 했다.

위원장 또한 어색하게 고개를 까딱인 뒤 자리에 앉았다.

구지환은 미리 준비된 차를 먼저 홀짝인 후 대한에게 말했다.

"좀 전에 보고를 받았는데 대회 후원사가 하나 붙었다고 하더군요. 젊은 분이 능력도 좋으십니다."

고아스의 후원이 확정되었고 대한이 힘을 썼다는 사실이 그의 귀로 들어간 것 같았다.

덕분에 분위기를 유하게 풀 수 있었다.

대한이 미소를 지으며 답했다.

"어쩌다 보니 인연이 생긴 분이 계신데 인품이 좋은 분이라 흔쾌히 도와주신 것 같습니다."

"김 중위님이 좋은 사람이니 좋은 분이 도와주시는 거겠죠. 감사합니다."

"아닙니다. 저도 도울 수 있는 건 최대한 도와야죠."

"하하, 다들 그렇게 일해 준다면 대회 걱정은 하나도 안 해도 될 것 같습니다."

구지환은 웃음을 터트리는 것도 잠시.

시선을 옮겨 위원장을 흘끔 바라봤다.

'거, 되게 눈치 주네.'

대회 유치 지역의 장과 대회 조직위원장은 거의 동등한 위치라고 봐야했다.

그런데 위원장은 시장이 꼼꼼하다고 입을 떼고 시장은 위원장한테 이렇게 눈치를 준다고?

생각보다 복잡한 사연이 있는 것 같았다.

대한이 두 사람의 눈치를 살피고는 입을 열었다.

"제가 많이 보진 않았지만 돌아다니면서 본 결과로는 다들 열심히 일을 하고 계셨습니다. 걱정 안 하셔도 될 것 같습니다."

"예, 저도 그렇게 생각은 합니다만…… 또 아닐 수도 있겠다는 생각을 지울 수가 없네요."

구지환은 아예 위원장을 지긋이 바라보며 말했다.

아이고.

이러다 눈치만 보다 끝나겠네.

아무래도 이 문제는 확실하게 짚고 가야 할 것 같다.

대한이 속으로 한숨을 삼키며 위원장에게 물었다.

"위원장님, 혹시 준비 과정에서 문제 있는 게 있습니까?"

"……예산이 문제지, 뭐."

그 문제는 다 아는 사실이었다.

하지만 지금 와서 그 문제를 해결할 수 있는 방법은 없었다.

있는 걸 가지고 최대한 활용해서 쓰는 방법뿐이었으니.

그때, 구지환이 위원장에게 물었다.

"숙소 공사 예산에 관한 건 확인해 보셨습니까?"

"예, 다 해 봤는데 정상적으로 들어가고 있었습니다."

"그럴 리가 없는데…… 들어가는 예산에 대비해서 진행 속도가 너무 느리다고 생각 안 하십니까?"

"그건 현장 상황이 여의치 않아 어쩔 수 없었습니다. 이제 토목 공사가 끝났으니 속도는 올라갈 것입니다."

"분명 계획할 때 모든 걸 대비해서 넉넉하게 짠 예산인데 막상 끝날 때가 되니 부족할 것 같아서 말씀드리는 겁니다."

두 사람의 대화는 점점 날이 서기 시작했다.

특히 자신을 의심하듯 말하자 위원장의 눈에 힘이 들어갔고 일이 커지기 전에 대한이 먼저 나섰다.

"제가 공병이라 공사를 좀 아는데 따로 확인해서 보고드리겠습니다."

"아, 그러셨습니까? 공병이라니 든든합니다. 그럼 바쁘시겠지만 부탁 좀 드리겠습니다."

구지환도 대한의 말이 반가웠는지 금세 미소를 지었다.

위원장은 한숨을 푹 내쉬고 차를 들이켰고 대한이 말을 이었다.

"오늘 시장님을 뵙자고 요청드린 건 숙소 관련해서 제안할 게 있어서 요청드렸습니다."

"김 중위님은 반가운 말씀만 하시네요. 그래요. 무슨 제안입니까?"

"기존에 선수촌 짓는 계획을 전면 철회하고 지역 곳곳에 캠핑장을 지었으면 합니다."

"……예?"

대한의 말이 끝난 순간, 구지환의 눈에 서슬 퍼런 기운이 뿜어지기 시작했다.

동시에 시장실 내부 공기가 빠르게 얼어붙었다.

그럴 수밖에.

그도 그럴 것이 대회가 얼마 안 남은 시점에 가장 큰 공사를 다시 하자는 것과 다름없었으니까.

구지환이 자세를 고쳐 앉으며 말했다.

"후, 잠시만요. 지금 선수촌 토목공사 끝나고 건물 올리기만 하면 끝나는 거 알고 계시는 거죠?"

"예, 알고 있습니다."

"그대로 진행하면 차질 없을 계획인데 왜 그걸 진행하지 말자고 하는 거죠?"

구지환은 대한의 제안이 마음에 들지 않았다.

아니, 솔직히 말해서 좀 짜증났다.

당연했다.

대회 관련 모든 계획은 본인이 직접 보고 괜찮다고 생각해서 승인을 한 것이니까.

그런데 갑자기 그걸 부정하고 있으니 곱게 보일 리가 있을까.

그러나 대한은 쫄지 않고 차분히 대답을 이어나갔다.

"시장님, 어차피 대회 참가 선수 모두가 문경에서 지내기에 는 선수촌 숙소가 부족하다는 걸 잘 알고 계시지 않습니까?"

"······알고 있죠."

문경 세계군인체육대회는 문경에서만 치러지는 것이 아니 었다.

경상북도에 속한 다른 지역의 경기장 사용은 물론 숙소 또한 문경이 아닌 괴산과 영천의 학생 군사 시설의 숙소를 이용해야 했다.

작은 도시에서 큰 대회가 치러지는 것이기 때문에 어쩔 수 없다고 이야기 할 수도 있지만 그래도 대회를 여는데 이득은 봐 야 하지 않겠나.

하지만 문경은 그렇게 이득을 볼 수 있는 상황이 아니었다.

'대회 때문에 대한민국에 상주해야 할 선수들은 괴산과 영천 에 더 많이 가 있었으니까.'

이 때문에 지방세만 늘어나고 지역 주민들이 얻는 이익은 미 비할 것이라고 예상하고 있었다.

대회가 치러지는 낮 시간 동안에는 관광객이 많이 올 기대 를 하고 있긴 했으나 군인들이 벌이는 체육대회에 사람들이 모 여 봤자 얼마나 모이겠는가?

대한은 물론 지역 주민들도 큰 기대를 하진 않았다.

그렇기에 선수촌에 더더욱 목을 메는 것.

'대회가 끝나면 지역 주민들이 살 아파트가 지어지는 거나 다름없으니까.'

좋은 기회긴 했다.

하지만 대한에겐 더 좋은 방법이 있었고 그걸 실현시키려면 구지환을 설득해야 했다.

대한의 말이 이어졌다.

"그러니 이왕 이렇게 된 거 숙소에 대한 미련을 포기하시죠. 어차피 효과도 없을 텐데 뭐 하러 미련을 가지십니까."

"그렇다고 캠핑장을 짓습니까? 지역민들에게 돌아가는 것도 없어 보이는 걸?"

"왜 돌아가는 게 없습니까? 캠핑장이 생기면 일자리도 생길 거고 장기적으로 봤을 때는 문경에 방문하는 사람들이 훨씬 더 많아질 겁니다."

구지환은 의자에 몸을 기대며 한숨을 내쉬었다.

"하…… 위원장님은 어떻게 생각하십니까?"

구지환은 대화가 통하지 않는다고 생각한 건지 위원장에게 지원사격을 요청했다.

그러나.

"좋다고 방법이라고 생각합니다."

위원장은 이미 대한의 편.

위원장의 반응에 구지환의 미간이 또 한 번 좁혀졌다.

"……좋다고요? 선수촌 아파트를 지어야 된다고 그렇게 주장하시던 분이 갑자기 왜 돌아선 겁니까?"

"그땐 캠핑장 생각을 못 했으니 선수촌 아파트를 짓자고 주장했던 거죠."

"아니, 하…… 상식적으로 캠핑장보다 선수촌 아파트가 훨씬 더 많은 인원을 수용할 수 있는 것 아닙니까? 효율적인 측면만 놓고 봐도 당연히 선수촌 아파트를 지어야 하는데 갑자기 무슨 캠핑장입니까?"

그의 물음에 대한이 대신 답했다.

"당장은 비효율적일 순 있지만 장기적으로 봤을 땐 엄청난 수익을 가지고 올 것입니다."

"수익요? 캠핑장이 돈이 된다고요?"

"되죠. 엄청."

아직은 캠핑에 대한 인기가 많이 올라오지 않은 상황이었다.

하지만 얼마 지나지 않아 캠핑은 생각보다 많은 사람들의 취미가 된다.

그런데 거기에 맞춰 문경에 좋은 캠핑장을 지어 놓는다면?

'아마 돈을 갈퀴로 쓸어 담겠지.'

대한이 검색해 본 결과 문경이 지리적으로 나쁜 곳은 절대로 아니었다.

대한민국의 중앙 부근에 위치해 있어 대도시 어느 곳에서든 이동할 만한 거리였다.

그리고 자연이 잘 보존돼 있어 캠퍼들이 딱 좋아하는 환경이었다.

문제라면 관리가 문제인데 그건 지자체에서 일자리를 만들어 주면 그만일 터.

돈 벌이가 없는 지방 도시에는 아주 좋은 사업이 될 것이다.

대한이 구지환에게 캠핑장의 효과에 대한 설명을 자세하게 해 주었다.

구지환은 대한의 말을 끝까지 듣고는 조용히 고개를 끄덕이며 긍정적인 반응을 보였다.

"일단 좋습니다. 지역 사업에 좋은 롤 모델이 될 수도 있겠네요. 근데…… 선수들이 캠핑장에서 자려고 하겠습니까?"

"이번에 참가하는 선수들이 누군지 잊으셨습니까?"

"……군인이죠."

"아파트보다 텐트가 익숙한 사람들입니다. 군에도 협조 요청을 보내 놓겠습니다. 그러니 선수들 반응은 걱정하지 마십쇼."

전생에 카라반을 제공했을 때 선수들의 반응을 떠올렸다.

대부분 즐거웠다는 대답을 했고 대한은 그들의 기억을 더 좋게 바꿔 놓을 자신이 있었다.

하물며 구색만 텐트지 글램핑 못지않게 내부에는 매트리스도 넣고 깔끔하게 만들어 둘 예정.

구지환은 머릿속에 잠시 계산기를 두드리더니 이내 자세를 고쳐 앉으며 말했다.

"알겠습니다. 근데 캠핑장은 이해하겠는데 주차장은 왜 그렇게 크게 지으라는 겁니까? 말씀하신 걸 들어 보면 캠핑장보다 주차장을 더 크게 지으라는 것 같은데…… 그만한 주차장이 필요합니까?"

"필요 있을 수도 있고 없을 수도 있죠. 그래도 작게 지어 놓는 것 보다는 크게 지어 놓는 것이 좋습니다. 나중에 카라반 전용 주차장을 만들어서 주차비 받으시면 수익성도 있고요."

"아."

짧은 감탄.

구지환은 자신의 식견이 좁다는 것을 인정할 수밖에 없었고 이내 민망함에 웃었다.

"하하, 그렇군요. 그나저나 저희 문경이 가진 부지로는 좀 부족할 것 같다는 생각이 드는데…… 이 부분에 대해선 보완책을 얼른 마련해서 말씀드리겠습니다."

"그 고민은 안 하셔도 될 것 같습니다."

"예? 그게 제일 중요한 거 아닙니까?"

"맞는데…… 그 문제는 위원장님이 해결해 주시기로 했습니다."

"……위원장님이요?"

위원장이 헛기침을 하며 말했다.

"크흠, 제가 경기장 근처에 있는 땅을 좀 기부하기로 했습니다."

"……땅을 기부한다고요?"

"예, 지역의 발전을 위해 어렵게 고심해서 내린 결정입니다."

"하, 대회 전에 그렇게 팔아 달라고 말씀드렸는데 그땐 들은 척도 안 하시더니⋯⋯."

"⋯⋯흠흠, 그래서 이번엔 안 팔고 기부한다고 하지 않습니까."

"뭐, 좋습니다. 그럼 저희가 뭘 해 드리면 되겠습니까?"

역시 구지환.

꼼꼼한 행정관답게 그는 세상에 공짜는 없다는 이치를 아주 잘 알고 있었다.

아니 꼼꼼한 행정관이기 이전에 위원장이 대가 없이 이런 일을 하지 않을 거라는 걸 그 누구보다도 잘 알고 확신하고 있었다.

그 말에 위원장이 손을 내저으며 답했다.

"필요 없습니다. 그냥 대회나 잘 유치해 주시면 됩니다."

"그건 제가 싫습니다. 나중에 무슨 말이 나올 줄 알고 땅을 넙죽 받습니까?"

구지환과 위원장이 다시 한번 부딪히기 시작했다.

대한은 두 사람 사이의 스파크가 더 커지기 전에 얼른 끼어들었다.

"그럼 이건 어떻겠습니까. 캠핑장이 지어지면 위원장님한테 운영을 맡기시죠."

"운영을 맡기라고요?"

"예, 일정 기간을 정해 놓고 운영권을 부여해서 수익을 가져가게 하면 되지 않겠습니까."

대한도 위원장이 그냥 기부하는 건 마음이 쓰이는 상황이었다.

그렇다고 땅을 대여받는 건 더 싫었다.

대여받은 땅은 언젠가 돌려주어야 하는데 남의 땅에 세금을 들여 캠핑장을 만들어 줄 순 없었으니까.

그래서 기부 쪽으로 가닥을 잡고 운영권으로 갈음하려고 했던 것.

'돈 욕심이 많은 사람이라면 알아서 잘 관리해 주겠지.'

관리 잘해서 벌 만큼 벌고 지역에 넘기면 서로 좋은 그림 아니겠나.

위원장이 고개를 끄덕이자 구지환이 의외라는 듯 턱을 쓰다듬었다.

"……제가 알던 위원장님이 아닌 것 같습니다."

"원래 이런 사람입니다. 그냥 오해가 좀 많으셨던 것 같습니다."

그 말에 구지환이 눈을 좁힌다.

"……그런 가보네요. 무튼 어려운 결정이셨을 텐데 모쪼록 감사합니다. 그럼 김 중위님의 말씀대로 운영권을 드리는 방향으로 회의를 진행하겠습니다."

"예, 편하신 대로 하시죠."

구지환은 위원장에게서 시선을 돌려 대한을 바라보며 말했다.

"김 중위님이 오신 지 이제 겨우 이틀째인데 어째 대회가 혹혹 바뀌어 나가는 느낌이 드네요."

"좋은 방향으로 바뀔 수 있게 최선을 다하겠습니다."

"하하, 제가 참모차장님께 들은 것도 있고 영천시장님한테도 들은 게 있어 자연스럽게 기대를 하게 됩니다."

영천시장?

대한이 오랜만에 듣는 이름에 미소를 지었다.

'그 양반은 잘하고 있으려나.'

문경시가 주체이긴 하지만 경상북도가 다 같이 노력하고 있는 대회였다.

참가 선수들이 육군삼사관학교를 숙소로 사용하게 되면서 영천시장도 발을 깊게 담가야 하는 상황.

대한이 여기 와 있다는 이야기를 그새 들은 것 같았다.

'조만간 얼굴 보겠구만.'

대한과 위원장은 구지환과 인사를 나누고는 시장실을 나왔다.

위원장은 대한에게 아무 말도 하지 않고 흡연장으로 향했다.

대한이 그의 뒤를 따라가며 물었다.

"시장님이랑은 원래 사이가 안 좋으셨습니까?"

"원래는 좋았는데 대회 준비하면서부터 안 좋아졌어. 후, 좋은 일해도 별로 기분이 안 좋네."

"들어 보니 숙소에 계속 문제가 있었던 것 같던데 무슨 일입니까? 예산은 원래 부족했잖아요."

"부족하긴 했어도 숙소를 지을 만큼은 됐었어. 근데 자주 계획을 바꿔서 그런가 예산이 점점 모자라더라고."

"계획 변경은 시장님이 승인했던 것 아닙니까?"

"안 된다고 하던 걸 내가 고집을 많이 부렸거든."

"흠…… 싫어할 만하시네요."

"그래서 내가 아무 말도 안 하고 가만히 있잖아."

위원장이 담배를 깊게 들이켰다.

대한이 그에게 물었다.

"처음 계획이 많이 별로였습니까?"

"아니, 괜찮았어."

"근데 왜 바꾸자고 하셨습니까."

"사공이 많았거든. 그냥 귀를 닫았어야 하는 건데……."

"남의 말에 흔들릴 분은 아닌 것 같던데…… 사공 중에 파워 있는 사람이 좀 있었나 보네요?"

"그 왜 시설장교 있잖아? 최동진 대위인가? 그 친구가 오고 난 뒤부터 크게 바꿨어."

최동진 대위.

대한과 인사를 했던 지원과 소속 시설장교였다.

보병 출신에 공사를 모른다고 생각했던 사람인데 그가 계획을 변경했다고?

대한이 고개를 갸웃거리며 물었다.

"그분이 뭐라고 했습니까?"

"위치랑 자재 관련해서 바꾸라고 제안하던데? 요즘은 그게 더 효율이 좋다고 군 공사에서는 다 그거 쓴다고 그러더라고."

음, 뭐지?

사실은 전문가인데 내가 오해를 한 건가?

대한이 물었다.

"어떻게 바꿨는지 자세히 설명해 주실 수 있으십니까?"

"궁금한 게 많은 것 같은데 차라리 나한테 물어보지 말고 직접 가서 물어보지 그래? 여기서 얼마 안 걸리잖아. 아마 지금도 거기 있을 걸?"

"작업 중단시켜 놨는데 거기 있겠습니까?"

"비가 오나 눈이 오나 매일 거기로 출근하던데?"

엥?

도대체 뭐 하는 놈이야?

듣다 보니 직접 묻는 게 빠를 것 같아서 바로 차를 몰았다.

잠시 후, 숙소 공사가 한창이었던 곳에 도착해 주변을 살폈다. 그리고 구석에 있는 컨테이너로 향했다.

컨테이너 문을 열자 최동진이 책상에 다리를 올린 채 의자에 편하게 누워 있었다.

"충성."

"어, 김 팀장? 여기까진 어쩐 일이야?"

"아, 현장 어떤지 확인하러 왔습니다."

"역시 공병이야. 현장이 뭐 좋다고 직접 보러 오나? 작업도 중지하라고 했다며?"

"하하, 한 번도 안 봐서 눈에 익힐 겸 궁금한 것들도 좀 여쭤보러 왔습니다."

"궁금한 거? 서류 확인해 봤어?"

"예, 다 확인해 봤습니다."

"큭큭, 이제야 중위 같네. 뭐가 궁금한데?"

최동진은 심심한 상황에 대한이 와서 즐거운 것 같았다.

대한 또한 미소를 지으며 물었다.

"위치랑 자재 바꾸신 이유가 있으십니까?"

"······아, 그거?"

그때였다.

대한이 질문한 순간 최동진의 표정이 아주 잠깐 굳어진 건.

다음 권으로 이어집니다

천재 셰프 회귀하다

신사 현대 판타지 장편소설

독보적 미각의 천재 셰프
절망의 불구덩이에서 다시 기회를 얻다!

가스 폭발에서 사람을 구한 대가로
미각도, 손도 잃은 도진
재기를 마음먹은 어느 날
또다시 가스 폭발 사고에 휘말리고
한 번만 더 불 앞에 서기를 바라며 눈을 감는데……

미각과 손을 가져간 화마, 2회 차 인생을 선물하다?

고등학생으로 회귀한 후
과거의 지식과 경험을 바탕으로
요리계에 지각 변동을 일으키다!

요식업계 초신성에서 파인다이닝 오너 셰프까지
요리 명장의 인생 플레이팅!

꿈의 도약, 로크에서 하십시오
(주)로크미디어에서 신인 작가를 모십니다

즐거운 세상, 로크미디어는 꿈을 사랑하고 도전을 두려워하지 않는 작가 분들의 참신한 작품을 기다리고 있습니다. 21세기 장르 문학계를 이끌어 갈 차세대 선두 주자 (주)로크미디어에서 여러분의 나래를 활짝 펴 보시길 바랍니다.

모집 분야 판타지와 무협을 포함한 장르 문학
모집 대상 아마추어 작가, 인터넷 작가
모집 기한 수시 모집
작품 접수 시 유의 사항
    1. 파일명은 작가명_작품명.hwp형식을 갖춰 주십시오.
    1. 파일에 들어갈 내용은 다음과 같습니다.
      — 성명(필명인 경우 실명을 밝혀 주세요), 연락처, 이메일 주소
      — 제목, 기획 의도
      — A4용지 1장 분량의 등장인물 소개
      — A4용지 2장 분량의 전체 줄거리
      — 본문
    1. 작품이 인터넷에 연재되고 있다면, 게시판명과 사이트의 구체적이고 정확한 주소를 기재해 주십시오.

선택된 작품은 정식 계약 후 출판물로 간행되어 전국 서점에 유통됩니다.
작가 분은 (주)로크미디어의 전폭적인 지원하에 전속 작가로 활동하시게 됩니다.
※ 자세한 내용은 로크미디어 홈페이지(rokmedia.com)를 참조하세요.

(04167)서울시 마포구 마포대로 45 일진빌딩 6층
(주)로크미디어 편집부 신간 기획 담당자 앞
전화: 02) 3273-5135
www.rokmedia.com   이메일 : rokmedia@empas.com